ullstein

Katja Kulin

NORMAL IST ANDERS

Roman

Ullstein

Besuchen Sie uns im Internet:
www.ullstein-taschenbuch.de

MIX
Papier aus verantwortungsvollen Quellen
FSC
www.fsc.org
FSC® C083411

Originalausgabe im Ullstein Taschenbuch
1. Auflage Dezember 2016

Umschlaggestaltung: FAVORITBUERO GbR, München
Titelabbildung: © Ane Lundeby/www.arcangel.com (Mädchen);
© guteksk7/www.shutterstock.com (Himmel)
Satz: LVD GmbH, Berlin
Gesetzt aus der Dolly
Druck und Bindearbeiten: CPI books GmbH, Leck
Printed in Germany
ISBN 978-3-548-28800-0

Für alle, die wissen, dass es normal ist,
anders zu sein. Vor allem aber für diejenigen,
die es noch nicht wissen.

EINS

SYSTEMABSTURZ

Lady Angst bittet zum Tanz
Malt den Teufel an die Wand
Und sie fährt mir in alle Glieder
Und sie singt mir die alten Lieder

(von Brücken, LADY ANGST)

Zuerst wird alles schwarz und du bist weg. Als du die Augen wieder öffnest, siehst du Blau und Weiß und denkst, vielleicht ist es vorbei, vielleicht bist du im Himmel. Die Wärme in deinem Rücken kommt sicher von den Flügeln, die du nun hast.

In Wahrheit siehst du den Himmel bloß, und er könnte in diesem Moment entfernter nicht sein. Du hast zu lange getan, als wäre nichts. Jetzt liegst du auf dem von der Sonne erwärmten Asphalt. Besorgte Gesichter schieben sich ins Bild, schweben als groteske Ballons über dir.

Eines steht fest: Falls du je ein Engel warst, dann bist du nun gefallen.

ZWEI

VIRENSCANNING

Ich nehm' meine Dämonen bei der Hand
Und kämme ihnen ihre Mähnen
Putz' die blutverschmierten Zähne
Sollen sie gut aussehen,
wenn wir heute auf die Bühne gehen

Vorhang auf für die Königin

(von Brücken, LADY ANGST)

»Und du, glotz nicht so!«, bellt das Mannweib.

Wie von Gewichten nach unten gezogene Mundwinkel lassen keinen Zweifel daran, dass diese Ausgeburt an Freundlichkeit heute keinen guten Tag erwischt hat. Dass es wahrscheinlich niemals gute Tage für sie gibt.

Sie meint mich. Schwer getroffen von den Blickblitzen, die sie in meine Richtung schießt, bleibt mir vor Schreck der Löffel auf halber Strecke zum Mund in der Luft stehen.

Natürlich habe ich hingeschaut. Hundertzwanzig Kilo, die in Ledermontur durch eine geöffnete Tür brechen, als pflügten sie durch dichtestes Unterholz, sieht man schließlich nicht allzu oft. Das als Entschuldigung vorzubringen, wäre allerdings kaum förderlich für meine Gesundheit. Also schweige ich.

Eine andere Patientin hängt nicht besonders an ihrem Leben und springt wie von einer Spiralfeder nach oben katapultiert auf. »Jetzt halt dich mal zurück und verbreite hier nicht schon wieder so eine miese Stimmung am frühen Morgen!«

Mannweib pflügt zu einem freien Tisch und pfeffert ihre Jacke in hohem Bogen auf einen Stuhl. »Na, ist doch wahr! Wie die geglotzt hat, und die glotzt ja immer noch!«

»Ja, wo sollte sie denn hingucken, sie sitzt schließlich mit dem Gesicht zur Tür! Nun sei mal nicht so aggressiv!«

Ich bewundere die zarte Mittfünfzigerin mit dem Spitzmausgesicht für ihren Mut, aber ihr letzter Satz war natürlich ein Fehler.

Mannweib saugt sämtliche Raumluft in ihre Lunge. »Ich bin! Nicht! Aggressiv!« Schwer atmend und triefäugig steht sie da, die Hände um die Stuhllehne gekrampft.

Ein Dutzend Patienten sitzen im Speiseraum, doch niemand isst mehr. Mittlerweile glotze nicht nur ich. Es glotzen alle.

»Und außerdem kommt das von dem Seroquel, das ist eine ganz normale Nebenwirkung, da kannst du die Frau Schmittke fragen!«

Taffe Spitzmaus bleibt unbeeindruckt. »Ach ja? Komisch. Ich nehme auch Seroquel, aber ich bin nicht aggressiv.«

Ihre inzwischen angeschwollene Halsschlagader und die Art, wie sie ihre Hände in die Hüften stemmt, stehen leider ein kleines bisschen im Widerspruch zu ihren Worten. Ich merke, dass meine Hand mit dem Löffel immer noch in der Luft hängt, und setze sie ab.

Mannweib reißt die Lederjacke wieder vom Stuhl. »Ihr könnt mich doch alle mal!«

Damit rauscht sie davon. Wieder bricht sie durch die Tür wie ein Wildschwein. Die Hindernisse, die ihr im Weg stehen, sieht nur sie allein.

Spitzmaus schüttelt den Kopf und schnauft kräftig durch. Dann kommt sie zu mir, ein entschuldigendes Lächeln auf den Lippen. »Oje, noch ganz frisch und dann so ein Anfang, das tut mir leid. Aber es geht hier nicht immer so zu. Eigentlich sind wir alle ganz nett.«

»Muss es nicht und glaube ich«, lächle ich schief zurück. Spitzmaus scheint irritiert, gibt sich dann aber zufrieden und setzt sich zurück an ihren Tisch. Die anderen Patienten haben inzwischen ihr Frühstück wieder aufgenommen. Auch ich beginne zu löffeln und lausche dem Gemurmel, mit dem das unerhörte Ereignis sogleich diskutiert wird.

Einen Vorteil hat das Ganze gehabt. Niemand interessiert sich mehr für die Astronautenkost, die ich statt eines Nutellabrötchens zu mir nehme. Und so wird mein erster Morgen in der psychiatrischen Klinik Ochsenzoll doch noch ein guter.

Später ist Gruppentherapie. Mit fünf anderen, Spitzmaus ist auch dabei, bin ich in der sogenannten Angstgruppe. Es läuft genau wie im Film ab. In einem freundlich gelb gestrichenen Zimmer bilden wir einen Stuhlkreis, verschränken die Arme und scharren mit den Füßen vor lauter Vorfreude darüber, dass wir gleich über uns sprechen dürfen.

Nach der allgemeinen Begrüßung wendet sich die Psychologin an mich. »Willkommen bei uns, Frau Berg. Da Sie gerade erst angekommen sind, erwartet heute noch niemand hier tieferes Einsteigen von Ihnen. Aber wenn Sie mögen, eröffnen Sie doch bitte die Runde und erzählen uns ein klein wenig über sich und über das, was Ihnen Angst macht.«

Ermutigend nickt sie mir zu. Ihr blonder Pagenkopf, der gut mit der Wandfarbe harmoniert, wippt. Ihre Lippen sehen aus, als hätten sie drei Farblack- und eine Brillantglanzschicht abbekommen. Mindestens. Seltsam, dass man solchen Wert auf einen perfekt geschminkten Mund legen kann, sich aber gleichzeitig eine Riesenwarze am Kinn nicht entfernen lässt. Darüber würde ich jetzt gern nachdenken. Stundenlang.

»Frau Berg?«

Also gut. »Hallo. Ich heiße Lea. Ich bin sechsundzwanzig, lebe seit gut fünf Jahren in Hamburg und bin gerade mit dem Studium fertig. In Kürze trete ich eine Stelle an der Uni an.« Meine Güte. Steifer geht es kaum. Locker machen. »Seit ein paar Monaten kann ich nicht mehr richtig essen, habe Angst, dass mir etwas im Hals stecken bleibt oder in die Luftröhre kommt. Na ja, dass ich eben ersticke.« Zwölf Augenpaare ruhen auf mir, warten, dass ich weiterspreche. »Ich kann das nicht kontrollieren, und es wird immer schlimmer. Manchmal, wenn ich das Gefühl habe, dass mir irgendwas, und sei es auch nur ein Staubkorn, im Hals hängt, werde ich richtig panisch. Bis hin zu Pfötchenstellung und Spitzmund. Vielleicht kennen das ja einige hier.«

Eifriges Nicken und mitfühlende Gesichter bei den drei Mitpatientinnen, die offensichtlich mit den Auswirkungen von Hyperventilation vertraut sind. Einer der beiden Männer, ein schmuddeliger Typ ungefähr in meinem Alter, schüttelt den Kopf und reibt sich erschüttert das Kinn. »Neenee, was es nicht alles gibt, das gibt's ja gar nicht!«

Ich möchte ihn auf der Stelle erwürgen. Der ist schon mal unten durch.

»Danke, Frau Berg, das gibt uns doch einen guten ersten Eindruck.« Wieder wippt der Pagenkopf. »Die anderen möchte ich jetzt bitten, sich Frau Berg ebenfalls kurz vorzustellen und gleichzeitig über die Fortschritte und Probleme der letzten Tage zu berichten.«

Genau das tun sie dann auch. Fast jeder nennt Depressionen, aufgepeppt mit diversen Ängsten. Spitzmaus, die in Wahrheit Ulla heißt, hat Agoraphobie und traut sich kaum noch raus. Ein malerisches Panorama ist für sie der Gipfel des Horrors, aber auch ihre Trainingsaufgabe vom letzten Mal, ein Besuch in dem Secondhandladen auf dem klinikeigenen Gelände, hat sich als unüberwindbare Hürde herausgestellt. Aus der taffen Lady von vorhin wird ein Häufchen Elend, als sie davon erzählt. Sie tut mir leid.

Dann ist der Kopfschüttler dran. Da höre ich doch gleich doppelt gut zu.

»Ich kann nirgends in der Öffentlichkeit auf die Toilette gehen. Nicht mal Wasser lassen. Das fesselt mich praktisch an zu Hause.«

Mir fällt die Kinnlade runter, während er weiterredet. Der Kerl fährt lieber vierzig Kilometer von einer Party nach Hause, als dort pinkeln zu gehen? Aber mein Problem ist unglaublich. Soso.

Einzeltherapie, Sitzung eins

Damit jeder Patient auch wirklich ausreichend tief in die eigene Problematik abtauchen kann, gibt es hier natürlich regelmäßig noch Einzeltherapiestunden. Meine erste findet schon am Nachmittag statt, und mit entsprechend flauem Gefühl klopfe ich an die Tür des Therapeuten. Ich habe Herrn Kuhlmann erwischt. Ein harter Knochen, sagen die anderen. Obwohl er im Rollstuhl sitzt. Na ja, vielleicht auch gerade deswegen.

Sein »Herein!« ist so bassig, dass ich es fast in meinen Eingeweiden spüren kann. Ich folge der Anweisung auf dem Fuße, ganz williges Opferlamm auf dem Weg zur Schlachtbank.

Das Zimmer lässt mich schon wieder an einen Filmset denken. Ahmt das Leben in diesem Fall wohl die Kunst nach oder die Kunst das Leben? Jedenfalls ergibt jedes einzelne Möbelstück hier wahrscheinlich letztlich Sinn. Der Schreibtisch, hinter dem Kuhlmann sitzt, verschafft Respekt für das Erstgespräch, ebenso wie das Regal mit den dicken Fachbüchern. Die Sitzecke für die bald folgenden vertraulichen Gespräche ist auch nicht weit. Aber nur ein einziger Stuhl steht da. Wo sonst ein zweiter wäre, ist Raum für Kuhlmanns Rollstuhl, und den Platz dazwischen füllt ein kleiner Beistelltisch, damit Patient und Therapeut sich auch nicht zu nahekommen. Die Hommage an Urvater Freud fehlt ebenfalls nicht. An der Wand steht eine Chaiselongue für die Stunden, in denen es so richtig ans Eingemachte geht.

»Und, entspricht das Therapieambiente Ihren Vorstellungen? Wollen wir dann loslegen?«, schreckt der Bass mich aus meinen Gedanken.

»Oh, Entschuldigung, ja, sehr schön.« Ich bin überrascht, wie kleinlaut ich angesichts der Tatsache werde, beim Starren erwischt worden zu sein. Da sollte ich gleich gegensteuern. »Obwohl, in *Schöner therapiert werden* habe ich ein paar schicke Modellzimmer gesehen, die etwas weniger retro sind.«

Kuhlmann schnaubt und streckt mir die Hand hin. »Vielleicht schau ich mal rein. Aber nun erst einmal guten Tag. Sie verzeihen sicher, wenn ich nicht aufstehe.«

Der Kerl ist ja ein echter Witzbold. Möglicherweise will er mich auch bloß verunsichern. Ich reiche ihm die Hand und setze mich. Dann ist das Vorgeplänkel vorbei, und es geht los.

»Frau Berg, was kann ich für Sie tun?«

Ich hole Luft und rattere nun schon zum zweiten Mal innerhalb kurzer Zeit meine Probleme runter. Einfacher wird es dadurch nicht.

Kuhlmann schreibt mit. »Welche Ärzte haben Sie bisher konsultiert?«

Hoffentlich hat der Mann genug Papier. »Zuerst dachte ich ja, mit mir wäre physisch etwas nicht in Ordnung. Neben meinem Hausarzt war ich noch bei anderen Allgemeinmedizinern, außerdem beim Internisten und beim Hals-Nasen-Ohren-Arzt. Na ja, und ein paarmal war ich als Notfall im

Krankenhaus.« Meine Hände haben sich um die Stuhllehne gekrampft. Das wird er bemerken. Ich zwinge meine Finger, sich zu entspannen. »Aber es war alles in Ordnung, Herz, Schilddrüse, kein Tumor im Hals. Vorläufige Endstation war dann eine Neurologin. Das EEG war auch ohne Befund. Sie hat mir dann etwas gegen Angst und Depressionen verschrieben.«

»Cipralex?«

»Genau. Ich habe es bisher aber nicht genommen, weil ich keine Tabletten runterkriege.«

Kuhlmann hält mit dem Schreiben inne und sieht mich bedauernd an. »Dann werden Sie es hier aber schwer haben, Sie wissen doch sicher, wie gern Psychiater Tabletten verschreiben.«

»Sie schaffen es doch bestimmt auch ohne, mich zu heilen«, kontere ich. Schön wäre es ja, nebenbei bemerkt.

»Nächste Woche gern. Erst müssen wir aber noch die Anamnese vervollständigen.« Er sagt das so trocken, ich muss mich glatt empathisch räuspern. Seltsamer Kerl.

»Geht in Ordnung«, sage ich und verbringe nun also die nächsten zwanzig Minuten damit, ungefähr eine Million Fragen zu beantworten. Das Wichtigste kommt zum Schluss.

Kuhlmann legt den Stift beiseite und sieht mich an, als wollte er mich hypnotisieren. »Was erhoffen Sie sich von der Therapie hier, was möchten Sie erreichen?«

Da muss ich nicht lange überlegen. »Ich will nur keine Angst mehr haben, wieder normal essen können und einfach zu Kräften kommen. Sonst nichts.«

Wie einfach sich das anhört. Und wie unmöglich.

*

»Was war der letzte Auslöser für deine Entscheidung, hierherzukommen?«, fragt mich Ulla. Sicher weiß sie, dass es einiges braucht, bis man sich endlich durchringt.

Es ist früher Abend, wir sitzen auf dem Sofa im Aufenthaltsraum und trinken Kaffee. Ein paar Leute spielen am großen Tisch *Uno*, darunter auch Mannweib, erstaunlich friedlich. Der Heimpinkler und ein anderer haben sich die Tischtennisplatte aufgestellt.

»Tja, das eine ist, dass die Leute auf einmal nicht mehr wissen wollten, was ich denn für eine tolle Diät mache. Ich habe natürlich auch selbst gemerkt, dass mein Gewicht nicht mehr im grünen Bereich war.« Unregelmäßiges Ballgeklacker untermalt meine Worte. Die beiden Männer sind anscheinend keine besonders guten Spieler. »Aber richtig kapiert habe ich es erst, als ich in den Colonnaden umgekippt bin. Der erste warme Tag, es ging mir eigentlich ganz gut. Bis ich am Sushi-Circle vorbeikam.«

Ulla zieht die Augenbrauen hoch. »Ist das nicht der Laden mit dem All-You-Can-Eat? Stimmt was nicht damit?«

Ich hebe den Tischtennisball auf, der mir vor die Füße gerollt ist, und werfe ihn Heimpinklers Gegner zu. Auf dass er haushoch gewinnen möge.

»Genau der Laden ist es, und es ist verdammt lecker dort. Meine WG-Mitbewohnerin hat mich da in der Prüfungszeit hingeschleppt, sie meinte, ich bräuchte mal etwas Abwechslung. Wir sind bald geplatzt und konnten nicht mehr gerade gehen, so viel haben wir gegessen. Als ich mich im Vorbeigehen daran erinnert habe, hat mein Magen sich mörderisch zusammengekrampft, mir wurde schwindlig und weg war ich.«

»Und danach war klar, dass es so nicht weitergehen konnte«, schlussfolgert Ulla in bester Holmesmanier.

Ich muss lachen. Es klingt ein bisschen gequält. »Genau. Die Ironie bei der ganzen Sache war noch, dass sich ein alter Mann über mich beugte, als ich wieder zu mir kam, mir ein Stück Wurst vor die Nase hielt und meinte, ich solle das doch essen, dann würde es mir bestimmt gleich bessergehen.«

Ulla prustet in ihren Kaffee, dann schaut sie plötzlich ernst. »Und du kannst wirklich überhaupt nichts Festes essen?«

»Nee. Nur Joghurt ohne Stücke. Oder eben flüssige Astronautenkost. An schlechten Tagen nicht mal das. Aber dafür bin ich jetzt ja hier. Meine Kollegen denken allerdings, ich würde ein paar Wochen bei meinen Eltern in Hannover Urlaub machen, bevor ich die neue Stelle antrete.«

Am Uno-Tisch ist es inzwischen unruhig geworden. War zu erwarten, dass das nicht lange gutgeht. Mannweib schmettert ihre Karten auf den Tisch.

»Ihr spielt doch alle absichtlich gegen mich!« Sie steht so heftig auf, dass ihr Stuhl umkippt. »Elende Betrüger!«

Und ab.

»Die wieder.« Ulla rollt mit den Augen. Wir lachen. »Meinst du denn, du schaffst es bis zur nächsten Angstgruppe, so einen Milchreis zu essen?«, fragt sie dann. Meine Aufgabe bis zum nächsten Mal.

»Wir werden sehen«, sage ich und stehe auf. »Noch Kaffee?«

Langsam zurück auf Los. Schritt eins.

Wie aus dem Nichts, mitten bei einer Mahlzeit, nach einem Bissen und vor dem nächsten, vergisst du plötzlich, wie essen geht.

Du starrst auf die Gabel. Ein Stück Tomate mit Mozzarella und einem Blatt Basilikum. Der enge Schlund der Speiseröhre. Das geht nicht zusammen. Kauen, natürlich, alles ganz klein kauen. Aber du bringst die Gabel nicht zum Mund. Was, wenn es nicht klein genug ist? Mozzarella klebt. Kann hängenbleiben im Hals. Und überhaupt, die gefährliche Nähe der Luftröhre. Wie kannst du sichergehen, dass das Essen den richtigen Weg nimmt?

Ein Bild: Das eingeatmete Basilikumblatt, wie es sich in der Röhre auffaltet und keine Luft mehr vorbeilässt, sie perfekt verschließt.

Allein bei der Vorstellung wird dein Hals eng. Du denkst an die Nacht vor drei Tagen und den Zement, der in deinen Bronchien war. Nur. Das hat der Arzt gesagt. Einmalig, hat er gesagt. Der Kloß jetzt in deinem Hals erzählt dir etwas anderes. Auch noch etwas essen, das Risiko kannst du nicht eingehen. Du schiebst den Teller weg.

Schon satt, sagst du und lächelst Anjas möglichen Argwohn damit im Vorhinein weg.

In deinem Zimmer kannst du deinen Hals ungestört betasten, vor dem Spiegel an deiner Kleiderschranktür stehen, lange in den

Schlund schauen und versuchen, deinen Herzschlag bei alldem im Zaum zu halten.

So absurd, das bin doch nicht ich, denkst du später, als klares Denken wieder möglich ist und der Kloß sich aufgelöst hat. Irgendetwas stimmt nicht. Für die Zukunft wirst du dir vielleicht etwas einfallen lassen müssen. Falls einmalig nicht zweimalig bleibt. Anja hat schon zu viel mitbekommen.

In der Nacht liege ich wach in meinem Zimmer. Das Bett gegenüber ist leer und wird erst nächste Woche wieder besetzt, falls vorher kein Notfall reinkommt.

Was ich anfänglich für äußerst praktisch gehalten habe, erweist sich jetzt als verflucht ungünstig. Nichts da, was mich von dem seltsamen Kratzen in meinem Hals ablenken könnte. Im Kaffee muss so ein verdammter Zuckerkrümel geschwommen sein, der sich nicht richtig aufgelöst hat. Und jetzt hängt er da. Räuspern macht ihn nur noch größer. Ablenken.

Die Unterlagen, die ich mir zum Durcharbeiten für meine anstehende Promotion und zur Vorbereitung auf die Stelle als wissenschaftliche Mitarbeiterin mitgebracht habe, kommen nicht in Frage. Wirklich konzentrieren könnte ich mich sowieso nicht, also lieber nicht dran denken momentan.

Nicht mal mit dem Smartphone rumspielen kann ich. Auf dieser Station gibt es die – natürlich freiwillige – Vereinbarung, Handys für die ersten Wochen der Therapie im Stationszimmer abzugeben. Wir sollen uns schließlich mit uns selbst beschäftigen. Toll. Ich springe aus dem Bett, tapere durchs Zimmer.

Zu Hause würde ich jetzt das Mountainbike nehmen und rumfahren, bis die Müdigkeit so groß ist, dass sie alles überdeckt. Hier sind meine Klamotten im Schrank schnell neu geordnet, der Kulturbeutel mit den Badutensilien auf Vollständigkeit überprüft, das Bild von Kandinsky geradegerückt und die Vorhänge zurechtgezupft.

Der Krümel ist immer noch da. Und mein Atem geht schon wieder so, wie er nicht gehen sollte. In den Händen fängt es bereits an zu kribbeln.

Gegen akute Panik hat mein Hausarzt mir Tavor Expidet verschrieben. Das Gute an den Dingern ist, dass man sie nicht im Ganzen hinunterschlucken muss, sondern auf der Zunge zergehen lassen kann. Und so habe ich es dann ab und zu auch tatsächlich geschafft, eine zu nehmen, wenn es ganz schlimm war.

Dass es ganz schlimm wird, darauf will ich heute aber nicht warten und versuchen, das Ding rasch runterzukriegen. Ich würde so gern ein paar Stunden schlafen. Beim Eingangsgespräch habe ich mit der Ärztin geklärt, dass ich Tavor in der Anfangszeit weiterhin als Bedarfsmedikament bekomme, wenn es nötig ist. Also raus auf den Flur, zur Nachtschwester.

Der Gang ist schwach beleuchtet, das helle Aquarium des Schwesternzimmers am anderen Ende, genau auf der Ecke, wo ein zweiter Gang mit Zimmern abzweigt, wirkt wie eine rettende Insel, zu der ich nur noch ein kleines Stückchen schwimmen muss. Als ich ankomme, wischt der genervte Blick der Schwester diesen Eindruck sofort und überaus gekonnt beiseite. Wahrscheinlich das Resultat jahrelanger Übung.

»Was gibt's denn?« Widerwillig lässt sie ihre Lektüre sinken, dem Umschlag nach eine üble Liebesschmonzette.

»Mir geht es gerade nicht so gut, ich hätte gern mein Bedarfsmedikament. Eine Tavor. Lea Berg«, antworte ich hübsch freundlich.

Sie sieht im Computer nach, steht auf und holt sich meine Akte. Blätternd kommt sie zurück, schüttelt dann den Kopf.

»Nein, tut mir leid, hier ist noch nichts eingetragen. Sie sind ja auch erst gestern Abend reingekommen.«

Erst? Das darf jetzt aber nicht wahr sein. Sofort wird das Kribbeln in meinen Händen stärker.

»Hören Sie, ich habe das beim Erstgespräch mit Doktor Schmittke abgeklärt. Sie war einverstanden. Das muss ein Fehler sein!« Der Krümel wächst und wächst.

Die Schwester bleibt hart. »Es mag sich um ein Versäumnis handeln, aber Fakt ist, dass ich Ihnen eine Tavor nicht einfach so geben darf. Ich habe hier nur einen beruhigenden Saft, den ich ohne ärztliche Verordnung verabreichen kann.«

Ich möchte heulen. Diese Kuh weiß ja nicht, dass ich auch mit unbekannten Medikamenten Schwierigkeiten habe. Ich könnte zum Beispiel allergisch dagegen sein, und dann würde mir der Hals zuschwellen.

»Aber ...«

Die Schwester schaut an mir vorbei, ihre Augen werden groß.

»Was soll das denn? Gehen Sie sofort zurück auf Ihr Zimmer!«

Hinter mir Gestammel. »Wieso, ich, ich wollte doch nur ...«

Als ich mich umdrehe, sehe ich weiße Schultern. Nackte weiße Schultern. Ehe ich es verhindern kann, ist mein Blick noch eine Etage tiefer gewandert. Männliche Geschlechtsteile habe ich nicht gesehen, seit ... Und überhaupt, was bildet der sich denn ein?

»Herr Wirths, Sie gehen sofort auf Ihr Zimmer und ziehen sich was an!«, zischt die Schwester den offenbar verpeilten jungen Mann in einem Ton an, der keinen Widerspruch duldet.

Der Typ, der, wie ich mich jetzt erinnere, am Abend neu auf die Station gekommen ist, stutzt und schaut an sich herunter.

»Oh. Ach. Tschuldigung.« Dann dreht er sich um und geht.

Ich sehe ihm nicht nach.

»Hier erlebt man Sachen«, meint die Schwester und merkt nicht, dass sie das zu einer sagt, die auch zu diesen Sachen gehört.

»Ein mir fremdes Medikament kann ich nicht nehmen«, versuche ich es ein letztes Mal.

Sie sieht, wie ich atme, und plötzlich wird ihr Blick weich.

Leider nützt es nicht wirklich was.

»Schauen Sie, ich mache Ihnen dann wenigstens einen Baldriantee. Und morgen früh gebe ich dann weiter, dass in der Akte ein Eintrag fehlt.«

Ich kapituliere, werfe das Handtuch in hohem Bogen in die Mitte des Rings.

»Also gut, danke. Ich setze mich ein bisschen in den Aufenthaltsraum und versuche zu lesen.«

Zehn Minuten später bringt die Schwester mir den Tee. Aber auch den kann ich jetzt nicht trinken. Die Blumen, die überall auf den Fensterbänken stehen, kriegen ihn stattdessen. Nur ein bisschen für jede. Ich will sie schließlich nicht vergiften.

Nach zwei Stunden Schlaf komme ich am nächsten Morgen in den Speiseraum. Der Krümel in meinem Hals ist weg und war wahrscheinlich niemals da. Jetzt weiß ich das.

Es ist noch nicht viel los, auch Ulla sitzt nicht an ihrem Platz. Aber an meinem Tisch vom Vortag hockt der Nackte. Angezogen. In seiner seltsam ausgebeulten Jacke sieht er aus wie ein Michelin-Männchen, dabei ist er doch ganz schlank. Wenn das jemand beurteilen kann, dann ja wohl ich. Mit einem »Guten Morgen« setze ich mich neben ihn.

»Moin«, antwortet er kaum hörbar, ohne von dem Brot, das er sich gerade schmiert, aufzusehen.

Für mein Frühstück habe ich heute die Geschmacksrichtung Banane gewählt. Dass so etwas wie Trinknahrung überhaupt existiert, habe ich erst vor Wochen in einem Forum erfahren. Sie enthält alle wichtigen Nährstoffe, man kann sich eine gute Weile über Wasser halten damit. Es gibt diverse Sorten, erhältlich in Apotheken. Ganz traditionell Erdbeer, Vanille und Schoko, aber auch Ausgefalleneres wie Mango oder Cappuccino. Mittlerweile bin ich Expertin.

Den Inhalt meines Fläschchens gieße ich in einen Suppenteller, um ihn dann langsam zu löffeln, anstatt zu trinken. Ich bilde mir ein, dass ich auf diese Weise das Gefühl für normales Essen nicht ganz verliere. Keine Ahnung, ob da was dran ist.

Michelin-Männchen beobachtet mich. Ich sehe ihn an, er schreckt ertappt zurück. Türkis. Seine Augen sind türkis.

»Schmeckt das?«, fragt er, während Röte seinen Hals hinaufkriecht.

»Ich hab dich gestern nackt gesehen«, antworte ich.

»Hm?« Offensichtlich kann er nichts mit dieser Information anfangen.

»Na, du bist doch letzte Nacht im Adamskostüm auf der Station rumgelaufen. Ich stand gerade bei der Schwester.«

Inzwischen ist sein Gesicht tiefrot und der Blick auf den Teller geheftet. »Da kann ich mich überhaupt nicht dran erinnern«, murmelt er. »Die hatten mir abends eine Tavor gegeben, weil ich wieder Panik geschoben habe. Zu Hause hatte ich aber auch schon zwei genommen. Wahrscheinlich war ich völlig daneben.«

Er schaut sein zusammengeklapptes Brot an, als wollte er zwischen den Scheiben verschwinden. Armer Kerl. Obwohl es natürlich ziemlich ungerecht ist, dass er seine Glückspille bekommen hat und ich nicht.

»Ach, ist ja nicht so schlimm«, versuche ich zu verharmlosen. »Ich hab auch überhaupt nichts gesehen. Also, ich meine ...«

Es könnte sein, dass auch ich jetzt ein klein wenig rot werde. Zum Glück sieht er das nicht, weil er nach wie vor seinen Teller inspiziert. Stille. Unangenehme. Warum habe ich überhaupt davon angefangen?

»Ach, übrigens«, sage ich dann, »ja. Ja, das Zeug schmeckt. Und ich heiße Lea.«

»Okay.« Er hebt den Kopf ein wenig, schaut aber nicht auf. »Ich bin Ben.«

Die Tische haben sich inzwischen gefüllt, auch Ulla kommt herein und steuert auf den Platz mir gegenüber zu.

»Mörgchen! Ist hier noch frei?«, lächelt sie gut gelaunt. Sie beginnt mir von dem Traum zu erzählen, den sie letzte Nacht hatte, und Ben kann in Ruhe zu Ende frühstücken.

Als er bald darauf den Raum verlässt, schaue ich ihm hinterher. Türkis. Noch nie habe ich einen Menschen mit solchen Augen gesehen. Mit einer Farbe wie von einem fernen, unerreichbaren Meer.

Das therapeutische Angebot hier kann ohne weiteres mit dem bunten Programm einer Volkshochschule konkurrieren. Jeden Morgen gibt es die Möglichkeit, Muskelrelaxation oder autogenes Training zu üben, unter anderem existieren außerdem eine Ernährungs-, eine Genuss-, eine Trommel-, eine Skill- und eine meditative Tanzgruppe. Zum Glück werde ich Letzterer nicht zugeteilt, denn sofort assoziiere ich mit Tüchern tanzende Waldorfschüler. Gewiss tue ich der Eurythmie unrecht. Oder der meditativen Gruppe. Jedenfalls ist Tanzen etwas, das ich nur allein tun kann.

Ich mache bei der Muskelentspannung mit, da kann man gut noch ein bisschen wegdämmern, wenn die Nacht wieder mal kurz gewesen ist. Außerdem werde ich zur Maltherapie und zur Wahrnehmungslenkung eingeteilt.

Der Kunstraum befindet sich nicht auf meiner Station, aber im selben Haus. Gemeinsam mit der Therapeutin und vier anderen begebe ich mich am frühen Nachmittag eine Etage höher. Die Einrichtung und Ausstattung des Raums ließe jeden Hobbykünstler vor Neid erblassen, das steht mal fest. Große Tische mit viel Arbeitsfläche, Staffeleien, Unmengen an Leinwänden. Eine ganze Regalwand, in der unzählige Farbtuben, Malkästen, Pinsel, Kreiden, Blöcke, Paletten und Wassergläser aufgereiht sind. Auch gibt es die Möglichkeit, mit Ton, Modelliermasse oder Speckstein zu arbeiten.

An den Wänden hängt eine Auswahl der Bilder, die hier entstanden sind. Fröhliche Farben, viele Blumen. Sonnenblumen, überwiegend. Ganz offensichtlich findet eine Zensur statt, bevor hier etwas aufgehängt wird. Oder aber, optimistischer gedacht: Dies alles sind Bilder, die die Patienten nach erfolgreicher Behandlung kurz vor ihrer Entlassung gemalt haben. Denn sonst wäre doch wohl Schwarz die dominierende Farbe hier.

Die anderen holen sich ihre angefangenen Arbeiten aus einem Schrank, zu mir sagt die Therapeutin: »Schauen Sie sich in Ruhe um, und nehmen Sie sich die Materialien, die Sie am meisten ansprechen. Und dann lassen Sie es einfach fließen, Sie haben freie Hand. Wenn Ihre Arbeit fertig ist, können wir darüber sprechen. Wir müssen es aber nicht.«

Das ist gut, denn ich habe nicht vor, es fließen zu lassen. Ein Bild oder eine Skulptur als Spiegel der Seele, das ist doch peinlich. Ich nehme mir eine kleine Leinwand, drei unterschiedlich dicke Pinsel und einen Bleistift. Früher in der Schule habe ich gern gemalt. Nun muss ich mir nur noch ein unverfängliches Motiv ausdenken. Jetzt schon Blumen, das wäre zu auffällig. Dann fällt mir etwas ein. Tiere gehen immer. Auf eine Palette drücke ich rasch die benötigten Acrylfarben, dann setze ich mich an den Tisch und mache mich ans Werk.

Neben mir arbeitet eine Mitpatientin aus der Angstgruppe. Sie hat angefangen, eine Figur aus Modelliermasse zu bemalen. Offensichtlich ein Selbstporträt. Da, wo die Augen sein sollten, sind große Löcher in das Gesicht gedrückt.

Bei mir soll es eine Giraffe werden. Ich mag diese Tiere mit ihrer so skurril anmutenden Anatomie, die ihnen doch gleichzeitig einen evolutionären Vorteil verschafft hat. Erhaben können sie alles überblicken, nichts kann sie überraschen. Die Blätter in den Baumkronen für sich allein zu haben, ist sicher auch nicht schlecht.

Mit Bleistift zeichne ich die groben Konturen vor, danach nehme ich die Pinsel. Kurz frage ich mich, ob die Dämpfe der Farben vielleicht eine allergische Reaktion auslösen könnten. Aber die Ratio funktioniert heute. Ich habe doch auch früher schon solche Farben benutzt. Und dann, es ist erstaunlich, verschwinden plötzlich alle Gedanken, und da sind nur noch das Bild und ich.

Als ich das nächste Mal aufschaue, sind unsere anderthalb Stunden so gut wie um, und mein Bild ist fast fertig. Eine Giraffe, die sich nach der hohen Krone eines Baumes reckt, um ein paar Blätter zu angeln. Beim nächsten Mal, wenn die Farbe getrocknet ist, muss ich nur noch eine Stelle übermalen. Am Hals bin ich einmal abgerutscht, er ist an einer Stelle viel zu dick geraten.

Die Patientin neben mir ist mit dem Bemalen ihrer Miniversion von sich selbst ebenfalls fertig. Die Löcher der Augen sind nun schwarze Höhlen. Auch sonst ist ziemlich viel Schwarz an der Figur, die sie jetzt vorsichtig an ihr Schmutzwasserglas lehnt, um mein Bild zu betrachten.

»Wahnsinn«, sagt sie und legt den Kopf dabei schief wie Michael Myers in *Halloween*, »mit der Giraffe hast du ja echt ein gutes Symbol für deine Problematik gefunden. Besonders diese dicke Stelle da am Hals. Man könnte glatt denken, das wäre bloß ein Versehen. Also, echt super!«

Das darf ja wohl nicht wahr sein.

Langsam zurück auf Los. Schritt zwei.

Ein Mahr sitzt schwer auf deiner Brust. Hat sich angeschlichen, während du schliefst. Du kannst dich nicht rühren, kannst nicht einmal atmen. Er hat dir Zement in Luftröhre und Lungen gefüllt. Hinter den Lidern tiefes Schwarz. Lebst du denn überhaupt noch?

Du schlägst die Augen auf. Der Mahr ist fort. Das Herz macht einen Satz und verfällt in Galopp, versucht sich selbst zu überholen, immer wieder stolpernd.

Gierig saugst du Luft in deine Lunge, nur wenig findet einen Weg an der Zementfüllung vorbei. Die Zehen und Finger lassen sich jetzt ein wenig bewegen, aber das reicht nicht. Du musst aufstehen, etwas tun, dein Herz, so schnelles Schlagen wird es nicht lange aushalten. Du wirst sterben. Jetzt, hier, in deinem Bett. Erstickung. Herzinfarkt. Lungenembolie. Was es auch ist, es geht so leicht.

Aber noch pumpt dein Herz, pumpt immer schneller, und jetzt kannst du dich plötzlich bewegen.

Der Fußboden ist kalt im ungeheizten Raum, lässt dich japsend atmen, aber es wird nicht besser dadurch. Das Zimmer der Mitbewohnerin scheint unendlich weit weg, aber dann ist die Tür doch schon da, du merkst es erst an dem polternden Geräusch, mit dem du dagegenkrachst. Anja schaut dich an, sitzt schon erschrocken im Bett, als du eintrittst und das Licht anmachst.

Ich sterbe, sagst du, und Anjas Augen werden groß.

Setzen sollst du dich, ruhig atmen, ein Glas Wasser trinken, während Anja einhundertzwölf ins Handy tippt. Nichts davon funktioniert. Du musst hin und her laufen, um mit deinem Herzen Schritt zu halten, sonst entkommt es dir. Deine Finger werden steif, dein Mund zieht sich zusammen zu einem O.

Du atmest falsch, sagt Anja, so beruhig dich doch!

Die Tüte, die dir hingehalten wird, schlägst du weg. Wenn schon sterben, dann nicht mit diesem Ding vor dem Mund.

Du kümmerst dich doch um Siggi und das Fräulein, wenn ich tot bin?, fragst du stattdessen. Deine beiden Schildkröten. Anja weint.

Dann ist der Notarzt da. Du stehst neben dir und beobachtest, wie er dich untersucht. Durch mattes Glas siehst du ihn Dinge an dir verrichten, durch Watte hörst du ihn Fragen stellen und Anja für dich antworten, mit verstrubbeltem Haar und roten Augen. Man nimmt dich mit.

Stunden, Untersuchungen und einige Medikamente später ist die Welt immer noch ein Watteball, aber das Herz schlägt ruhig, und der Zement ist verschwunden.

Alles in Ordnung, sagt der Arzt. Nur eine Panikattacke.

Nur. Du kannst den Rest der Nacht zur Beobachtung bleiben, aber das willst du nicht. Du kommst schon zurecht.

Zu Hause erdrückt Anja deine Entschuldigungen mit einer Umarmung. Die Erklärung stellt zufrieden: Ausgelöst durch Stress an der Uni. Mit ziemlicher Sicherheit eine einmalige Sache.

Als ich mit Ulla in den Gruppentherapieraum komme, sehe ich, dass sich unsere Runde wieder vergrößert hat. Auf einem der Stühle sitzt ein Geist. Ein türkischer. Er ist schon länger in der Klinik als ich, aber ich habe ihn bisher nur selten bewusst wahrgenommen. Ich glaube, er gehört zu den Menschen, bei denen man irgendwie das Gefühl hat, der Raum sei ein bisschen leerer geworden, nachdem sie ihn betreten haben. *Kommt ein Mann zum Irrenarzt. »Herr Doktor, ich habe ständig das Gefühl, dass mich alle übersehen.« Darauf der Arzt: »Der Nächste, bitte!«* Ich könnte wetten, so geht es ihm andauernd.

Wahrscheinlich fällt er mir heute nur auf, weil er bisher noch keine Gruppenstunde mitgemacht hat. Er hat ein Einzelzimmer, hat Ulla mir erzählt, und hält sich von allen fern. Wir setzen uns. Ulla hat den Geist noch nicht bemerkt, sie geht völlig im ausführlichen Berichten von ihrem Enkelkind auf. Als sie kurz Luft holt, weise ich bemerkenswert unauffällig mit dem Kinn in Richtung unseres Neulings.

»Guck mal!«

Ulla schaut sofort bemerkenswert auffällig hin. »Oh. Da bin ich ja mal gespannt.«

Das bin ich auch und mustere ihn jetzt gründlich, während sie weitererzählt, denn wie es aussieht, bekommt er sowieso nichts mit.

In einem Stuhlkreis kann man nicht am Rand sitzen, sollte man doch annehmen, aber der Geist hat es irgendwie hinbekommen. Seine Körperhaltung hat nichts von dem überbordend Machomäßigen, das man bei Südländern öfter mal antrifft. Eine Muckibude hat er garantiert auch noch nicht von innen gesehen. Möglichst klein macht er sich mit seinen langen, schmalen Gliedmaßen auf dem Stuhl; hat die Beine nicht nur übereinandergeschlagen, sondern zusätzlich noch den einen Fuß um den Knöchel des Standbeins geschlungen. Den Blick hat er auf die im Schoß übereinandergelegten Hände gesenkt, von seinem Gesicht erkenne ich nicht viel, aber wie die Arme hebt es sich in einem hellen Olivton von seinem schwarzen T-Shirt ab.

Als die Therapeutin mit den letzten noch fehlenden Patienten den Raum betritt und die Tür schließt, ruckt sein Kopf nach oben. Rehaugen mit langen Wimpern in einem sehr blassen, sehr schmalen, sehr sensiblen Gesicht. Nur ganz kurz, dann versucht er wieder den Trick mit dem Unsichtbarmachen. *Sehe ich euch nicht, seht ihr mich nicht.* Aber natürlich macht Lacklippe ihm einen Strich durch die Rechnung, denn logischerweise bittet sie ihn nach der allgemeinen Begrüßung, sich und seine Problematik vorzustellen.

Der Geist ist überfordert und hat anscheinend überhaupt nicht damit gerechnet. Er öffnet den Mund, schließt ihn wieder. Sein Adamsapfel hüpft auf und ab.

»Ich«, beginnt er und bricht sofort wieder ab.

Es klingt, als hätte er lange nicht gesprochen. Er räuspert sich, schlägt die Beine andersherum übereinander. Offensichtlich ist er noch um einiges schüchterner als Ben.

»Also, ich. Ich heiße Ismail. Und. Bin zweiunddreißig.« Jetzt bin ich baff. Er sieht nach höchstens zweiundzwanzig aus. »Ich bin hier, weil ...« Er nestelt an seinem T-Shirt.

Auf die Therapeutin ist Verlass, aus den Augenwinkeln sehe ich den blonden Pagenkopf ermutigend wippen, aber ich bin mir ziemlich sicher, dass er das nicht wahrnimmt.

»Erzähl ruhig, mein Junge, wir beißen doch nicht«, greift Ulla wieder einmal beherzt ein, beugt sich nach vorn und tätschelt kurz sein Knie.

Das allerdings bekommt er mit. Er zuckt zurück.

»Entschuldigung, tut mir leid, ich schaff das nicht.« Hilfesuchend schaut er Lacklippe an.

»Machen Sie langsam, nehmen Sie sich Zeit«, sagt sie nur.

Er ringt mit sich, hat Schweiß auf der Stirn und hektische Flecken überall. Die Gruppe beginnt gerade, unruhig zu werden, da überwindet er sich.

»Es ist so, dass ich einfach unheimliche Angst habe. Vor Menschen. Davor, dass sie mir in die Augen schauen und es einfach sofort sehen. Dass ich anders bin.«

Zu dem Warum und Wieso kommt er nicht mehr, die wenigen Sätze haben seine Kraft aufgebraucht, er sinkt in sich zusammen.

»Wie denn anders?«, kommt es von rechts. Klar, der Heimpinkler ist natürlich wieder kein Vorbild in vornehmer Zurückhaltung. Die Antwort interessiert mich allerdings auch, und wenn ich so in die Gesichter der Mitpatienten schaue, bin ich da nicht die Einzige. Gute alte Sensationslust.

»Atmen Sie ruhig erst einmal durch«, folgt wie ein Reflex die therapeutische Intervention. »Wir wissen, es ist schwer.«

Ismail nickt. »Ich will mich ja auch überwinden. Darum bin ich hier. Um es endlich auszuleben. Die Selbstverleugnung bringt mich sonst irgendwann um.«

Er räuspert sich mehrmals heftig, dann erzählt er. Mit zitternder Stimme, mit langen Pausen, aber mit jedem Satz wird er ein bisschen sichtbarer. Mir schwant, dass das eigentlich auch für uns Nichtgeister gilt, die wir hier nach und nach das nach außen kehren sollen, was sich so standhaft weigert, still und heimlich in unserem Inneren zu verrotten und sich vollständig aufzulösen. Nein, so einfach macht es uns das Leben nicht.

In Ismails Fall hat es sich etwas besonders Hinterlistiges ausgedacht. Er ist gar kein Geist, er ist eine Dschinnie. Oder anders: Er *heißt* zwar Ismail, aber *sein* möchte er Hülya.

Wie unendlich kompliziert die Langfassung sein muss, davon bekommen wir heute nicht mehr als eine Ahnung. Aber er erzählt von versuchter Verdrängung und dem trotzdem immer größer werdenden Wunsch, sich auszuleben, von seinem Leidensdruck, der schließlich so groß wurde, dass er sich einer Therapeutin als erstem Menschen, von einigen heimlichen Internetkontakten abgesehen, anvertraut hat. Von seiner Überzeugung, es niemals wagen zu können, den Traum Wirklichkeit werden zu lassen.

»Die Therapeutin hat mir gesagt, der geschützte Rahmen einer Klinik wäre der richtige Ort, um es einmal zu versuchen und dann zu überlegen, wie es weitergehen kann für mich«, beendet er seinen Bericht.

O Mann. Oder wohl besser: O Frau.

Der Heimpinkler schüttelt den Kopf und öffnet den Mund, um sein *Was es nicht alles gibt* loszuwerden. Obwohl er nun nicht so unrecht hätte damit, bekomme ich spontan einen heftigen Hustenanfall. Als er wie die meisten anderen zu mir hinsieht, werfe ich ihm mit zusammengekniffenen Augen einen warnenden Blick zu. Ein Wunder, er versteht und klappt den Mund wieder zu.

Ismail hat sich derweil wieder auf seine Fingerspitzen konzentriert, will aber noch etwas sagen.

»Es wäre wirklich toll, wenn ich hier das erste Mal unter anderen Menschen sein dürfte, wer ich bin. Ich stell mir das so schön vor.«

Du liebe Zeit. In mir steigt etwas hoch, was wahrscheinlich Muttergefühlen ziemlich nahekommt. Ich möchte dieses Häufchen Elend am liebsten fest in eine Decke wickeln, auf den Arm nehmen, wiegen und vor all dem Bösen da draußen beschützen.

Lacklippe weiß natürlich, dass das nicht der richtige Weg wäre und Ismail die Hauptarbeit selber leisten muss. Immerhin verpackt sie es nett.

»Aber ja, Sie dürfen hier sein, wer Sie sind. Zuerst müssen aber Sie selbst sich das erlauben. Wenn Sie das tun, werden wir Sie alle dabei unterstützen. Der erste Schritt ist schon getan.«

Unsere Dschinnie lächelt und zieht sich vorerst wieder in ihre Flasche zurück, während die Gruppenstunde weitergeht.

Nach der Sitzung führt der erste Weg die meisten von uns an die Kaffeemaschine. Zu Hause habe ich nur morgens einen Cappuccino getrunken und den Rest des Tages Tee, aber hier habe ich mich sofort dem Durchschnittskonsum von anderthalb Litern angepasst. Die Klapse lässt sich offenbar nur aushalten mit einem Kaffeebecher in der einen und – das gilt für achtzig Prozent der Patienten hier – einer Kippe in der anderen Hand. Die Küche leert sich also rasch wieder, denn zum Rauchen geht es vor die Tür.

Ulla zieht logischerweise rein gar nichts nach draußen, und so begnügen wir uns damit, am Fenster zu stehen und den Wolken nachzusehen, die sich in bauschigen Bergen am Himmel türmen, immer wieder die Sonne verdecken und den Rasen hinter dem Haus zu einem Kaleidoskop aus Licht und Schatten werden lassen. Wir reden nicht, sondern hängen unseren Gedanken nach. Ich schätze, was in Ullas Kopf vorgeht, ähnelt dem in meinem. Ismail hat Eindruck hinterlassen.

»Das muss so schlimm …«, fange ich schließlich an, da bestätigt Ulla schon meine Theorie.

»Der arme Junge!«, sagt sie gleichzeitig. Wir sehen uns an.

»Ist echt unvorstellbar, oder? Sich komplett zu verleugnen die ganze Zeit.« Der Satz hört sich irgendwie seltsam an aus meinem Mund. Ich räuspere mich.

Ulla mhmmt Zustimmung durch zusammengepresste Lippen.

»Und dann noch in einer türkischen Familie, das macht es ja bestimmt alles noch schwerer, mein Gott!« Sie stellt ihre Tasse auf die Spüle. »Er hat das Einzelzimmer ganz hinten. Komm, wir gehen hin und sagen ihm, dass wir es ganz toll finden, dass er sich jetzt trauen will.«

Ich bin einverstanden.

Ob man irgendwie präsenter wird, wenn man anfängt, sich anderen gegenüber zu öffnen? Ist man irgendwie mehr da? Jedenfalls habe ich jetzt kein Problem mehr damit, Ismail am anderen Ende des Flurs wahrzunehmen. Vier Sessel stehen dort für Besucher oder Patienten, die sich zum Reden zurückziehen wollen, aber ich habe bisher nie jemanden dort gesehen. Davor an der Wand ein kleiner Tisch mit Stuhl, auf dem Ismail nun sitzt und etwas betrachtet. Neben ihm steht Ben, den Blick ebenfalls auf die Tischplatte gerichtet.

»Guck an«, sagt Ulla. »Das trifft sich ja gut.« Ich habe keine Ahnung, was sie damit meint. Offenbar werde ich langsamer, denn plötzlich fühle ich ihre Hand im Rücken und mit ihr einen sanften Schub nach vorn.

Kurz bevor wir am Tisch ankommen, dreht Ben sich um. Ismail schaut kurz auf, nur um gleich darauf wieder wegzusehen und den Kopf einzuziehen.

»Na, was macht ihr?«, fragt Ulla.

Ben zeigt auf das Puzzle, das zusammengefügt auf der Tischplatte liegt. Es zeigt ein seltsam verzerrtes Bild. Ein Mann steht in einer Galerie und betrachtet ein Kunstwerk, das an einer Seite nicht von einem Rahmen begrenzt wird; vielmehr setzt sich die abgebildete Häuserreihe nach rechts immer weiter fort und geht schließlich auch in das Gebäude über, in dem sich die Galerie befindet. Mir wird fast schwindlig beim Betrachten. Ein einziges Puzzleteil fehlt und macht eine aus dem Fenster blickende Frau zu einer Kopflosen.

»Das Puzzle zeigt eine der *Seltsamen Schleifen* von M. C. Escher«, sagt Ben.

Der Name kommt mir vage bekannt vor, ich muss an eine Zeichnung denken, die im Kunstraum unserer Schule hing. Zwei Hände, die sich gegenseitig zeichnen.

»Es ist das Bild eines Bildes, das sich selbst enthält. Es verunsichert einen, wenn man es genau anschaut. Ist es die Stadt auf dem Bild, die sich selbst enthält? Oder die Galerie?

Oder enthält sich vielleicht sogar der Betrachter selbst? Man kann es nicht sagen.«

Okay, jetzt *ist* mir schwindlig. Gern würde ich etwas Kluges dazu sagen, aber leider fällt mir nichts ein. Außerdem wundert es mich, dass Ben plötzlich so viel selbstsicherer wirkt als am Frühstückstisch.

Ismail teilt Bens Begeisterung offenbar so sehr, dass er nicht nur heftig nickt, sondern sich tatsächlich auch etwas zu sagen traut. Richtiggehend aufgeregt wirkt er.

»Ich habe mich damit mal befasst. Escher hat als Vorlage für das Bild ein Gitter entwickelt, das eine ringförmige Ausdehnung ohne Anfang und Ende markiert. Mit diesem Bild hat er es als Nicht-Mathematiker geschafft, eine *Riemannsche Fläche* darzustellen. Eine zweidimensionale Mannigfaltigkeit, die trianguliert werden kann und eine konforme Abbildung im Kleinen besitzt.«

Ben lacht. »He, ›sprich bitte langsam! Stenographie ist noch nicht erfunden‹!«

Ismail scheint diese seltsame Äußerung zu verstehen. Er wird rot, lacht aber auch ein wenig. Da haben sich wohl zwei gefunden. Ich hingegen kapiere nur Bahnhof. Mathe ist leider nicht so mein Ding, und Bens Witz erschließt sich mir auch nicht. Ulla ist noch ganz in die Betrachtung des Bildes vertieft. Mit beiden Händen an den Wangen, die kleinen Finger über die Lippen gelegt, steht sie darübergebeugt da und ist auch keine Hilfe.

»Entschuldige, Ben. Du hast *Gödel, Escher, Bach* wohl auch gelesen?«, fragt Ismail. »Die Dialoge von Achilles und Herrn Schildkröte sind witzig, danach habe ich mir das Original von Carroll auch angesehen. So was ist ganz meine Welt. Ich habe Physik und Informatik studiert.«

Als müsste er sich dafür schämen, schaut er wieder in seinen Schoß.

Seltsam. Mit diesen Fächern und Mathematik als Hobby ist Ismail doch der typische Mann. Ein dem Klischee nach nerdiger vielleicht, aber eben ein Mann. Warum zum Teufel will er eine Frau sein?

Ich komme nicht dazu, weiter darüber nachzudenken, denn jetzt erwacht Ulla aus ihrer Trance und wendet sich an Ben. »Und du? Hast du Mathe studiert?«

Aus irgendeinem Grund schaut jetzt Ben verlegen. »Nein, nein, ich komme aus der geisteswissenschaftlichen Ecke. Ich verstehe auch nicht wirklich etwas von Mathematik. Ich lese einfach nur viel.« Er nestelt an den Ausbuchtungen seiner Michelin-Männchen-Jacke herum. »Und ich mag die Escher-Bilder sehr gern. Zu Hause habe ich ein Buch mit optischen Illusionen, das ich meinen Nachhilfeschülern immer gern zeige. Da sind neben Kippbildern und anderen Klassikern auch viele Zeichnungen von Escher dabei.« Seine Stirn legt sich in Falten, plötzlich wirkt er bedrückt. »Ich hätte es mit hierhernehmen sollen.«

»Wem von euch gehört das Puzzle denn eigentlich?«, frage ich, vielleicht, um auch mal etwas zu sagen, vielleicht, um ihn von dem Gedanken abzulenken.

Beide schütteln den Kopf.

»Keinem von uns«, sagt Ismail. »Das liegt schon länger hier, das muss ein Patient zurückgelassen haben. Vor ein paar Tagen habe ich einen Pfleger danach gefragt.«

»Tja, anscheinend hat es auf euch beide gewartet. Komischer Zufall, was?«

»Nein, Lea«, widerspricht mir Ulla. »Es gibt keine Zufälle.« Und nach einer Kunstpause, in der wir alle darüber nachdenken können, wird sie dann doch noch los, weswegen wir eigentlich hergekommen sind.

Nachts liege ich erneut wach. Ich spüre keine Panik, es sind nur unendlich viele Gedanken, die in meinem Kopf rumschwirren und mich nicht schlafen lassen. Im Oktober beginnt meine neue Stelle an der Uni. Adieu, wissenschaftliche Hilfskraft, hallo, wissenschaftliche Mitarbeiterin. Bis dahin muss ich mich wieder hinkriegen. Ein wenig habe ich in den Unterlagen geblättert, die mir zur Vorbereitung der beiden Einführungsveranstaltungen in die Bildungswissenschaften dienen, die ich halten werde, aber es ist zwecklos.

Also wieder raus auf den Flur, ein bisschen herumlaufen. Die Schwester schaut alarmiert, als ich das Aquarium passiere. In ihrer Liebesschnulze ist sie schon ein gutes Stück weitergekommen.

»Alles in Ordnung«, sage ich, »ich kann bloß nicht schlafen.«

»Geht wohl nicht nur Ihnen so.« Sie weist mit dem Kinn Richtung Aufenthaltsraum. Das Licht brennt.

»Trifft sich doch gut«, sage ich und gehe weiter. Es stellt sich heraus, dass der andere Schlaflose Ben ist. Diesmal aber offensichtlich ohne Tavor und mit Klamotten. In seiner Jacke steht er am Tisch, auf dem diverse Häufchen ausgebreitet sind. Er sieht aus, als hätte er eine ähnlich radikale Diät gemacht wie ich, allerdings eine, die nur zu halbseitigem Abnehmen führt. Linke Seite Michelin-Männchen, rechte Seite Strichmännchen. Erschrocken schaut er auf, als ich hereinkomme. Kurzes Türkisfunkeln, dann senkt er den Blick schon wieder.

»Was machst du?«, frage ich.

Es dauert, bis eine Antwort kommt, Ben scheint wie erstarrt, das blasse Gesicht eine Maske aus Wachs.

»Ich muss den Inhalt meiner Taschen mal wieder ordnen«, antwortet er schließlich leise.

»Ach so.« Es ist eine Menge Zeug, was da auf dem Tisch liegt. »Deine Jacke hat wohl ziemlich viele Taschen.«

»Deshalb habe ich sie gekauft. Und dann noch ein paar mehr reingenäht.« Zwar hat er die Ironie meiner Aussage nicht wahrgenommen, aber ich bin zufrieden. Er scheint aufzutauen.

»Taschen kann man aber auch nie genug haben«, setze ich noch eins drauf und lasse mich auf einen Stuhl fallen. »Darf ich bleiben und zugucken?«

Jetzt lächelt er sogar ein wenig. Das verändert sein Gesicht völlig, das ist mir schon beim Gespräch über das Puzzle aufgefallen. Es steht ihm.

»Genau«, sagt er. »Und ja.«

Dann beginnt er, auch aus der linken Jackenseite Stück für Stück den ganzen Inhalt herauszuholen. Als er fertig ist, ist der Tisch voll. Voll mit zwölf Häufchen Kram, von dem ich mir beim besten Willen nicht vorstellen kann, warum man ihn immer mit sich rumschleppen müsste.

»Wow«, sage ich.

»Ich brauche das alles.«

Er setzt sich, schiebt vorsichtig einen der Haufen zu sich heran und beginnt ihn durchzusehen. Eine Schülerausrüstung. Bleistifte, Buntstifte, Kugelschreiber, Tintenkiller. Anspitzer und Radiergummi. Lineal, Geodreieck, Parabel, Zirkel.

»Ich habe doch erzählt, ab und zu gebe ich Nachhilfe«,

erklärt er. »Auch in Mathe, bis zum Abi kriege ich das noch gut hin. Aber die Kinder haben ja nie alles mit.«

Alles scheint vollständig zu sein, er packt den Haufen wieder in die Tasche. Der nächste besteht aus lauter Zetteln. Kassenbons, Garantiescheine, Arzttermine, Notizen.

»Falls ich noch mal was nachprüfen muss.«

Bei den Bons, auf denen die Tinte schon völlig verblasst ist, dürfte das schwierig werden. Aber ich halte die Klappe.

Dann: große und kleine fleischfarbene Brocken. Hunde- und Katzenleckerli.

»Falls ich mal einen Hund treffe. Oder eine Katze.«

Ich nicke, denn das ist natürlich vollkommen logisch.

Der nächste Haufen ist in Wahrheit ein Stapel, mehrere Umschläge mit Fotos. Ben schaut nur kurz in jeden hinein.

»Wenn es bei mir zu Hause ...« Er bricht ab und schüttelt den Kopf, als müsste er sich selbst berichtigen. »Wenn es mal wieder Hochwasser gibt, dann sind wenigstens die Bilder gerettet. Erinnerungen und so.« Er packt sie wieder in die Jacke.

Zusammenbastelzeug aus Überraschungseiern. Ein gelbes Rennauto kommt mir bekannt vor, das hatte ich auch mal. Vor ungefähr fünfzehn Jahren.

»Da wusste ich nicht, wohin sonst damit.« Kurz streift mich sein Blick, und plötzlich ist da ein Zug um seinen Mund, einer, der nach Schmerz aussieht, der von ganz tief drinnen kommt. Einer, den ich nicht aushalte.

»Wie wäre es mit dem Abfalleimer, hm? Ich glaube, das wäre ein äußerst passender Ort für das Zeug.« Ich hänge noch einen Lacher hinten an.

»Nee«, sagt Ben und lässt die Teile in der Jacke verschwinden.

Der nächste Haufen ist wieder ein Stapel. Drei Bücher. *Der Steppenwolf*, *Der Fänger im Roggen* und *Die Verwandlung*.

»Seine Lieblingsbücher sollte man immer dabeihaben.«

Ich denke an *Der Mann schläft* und die gute alte, zerlesene *Smilla* in meinem Koffer und gebe ihm recht. Bevor er die Bücher wieder einsteckt, drückt er sie kurz an seine Brust. Im selben Moment sticht es ganz seltsam in meiner.

»Wofür ist das da gut?«, frage ich schnell und deute auf einen der noch übrigen Haufen. Ein Kartenspiel, ein Beutel mit Dominosteinen, drei Würfel, eine Murmel und ein Mikadostab.

»Weißt du, Hesse hat geschrieben: ›Gerade das ist es ja, das Leben, wenn es schön und glücklich ist: ein Spiel!‹ Darauf muss ich doch vorbereitet sein.«

Ben rollt mit den Augen, um mich wissen zu lassen, dass er nur Spaß macht. Ich nehme ihm das nicht ganz ab. Er nimmt die Murmel in die Hand.

»Und die hier ist was Besonderes. In der sechsten Klasse habe ich alle meine Murmeln verloren. Bis auf diese.«

»Und warum ein Mikadostab?«

»Es ist ja nicht irgendein Mikadostab. Es ist *der* Mikadostab. Der wertvollste im Spiel.«

Er schaut mich jetzt direkt an, fast schon herausfordernd. Genau kann ich es nicht sagen. Solche Augen müssten einfach verboten werden.

»Verstehe.«

Eine Weile später sind alle Häufchen inspiziert, erklärt und wieder eingepackt. Ben wirkt erleichtert.

»Danke, dass ich zusehen durfte. Ich werde dann mal langsam wieder ins Bett gehen.«

Er nickt und wünscht mir eine gute Nacht. Aber als ich an der Tür bin, kommt noch was.

»Lea?«

Ich bleibe stehen und drehe mich um.

»Ich brauche diese Sachen«, sagt er.

»Ich weiß«, sage ich.

Einzeltherapie, Sitzung zwei

Als ich eintrete, kommt Kuhlmann direkt hinter seinem Schreibtisch hervorgerollt. Natürlich, ab heute will er richtig loslegen. Lasst die Sitzeckenshow beginnen!

Während ich mich setze, nimmt auch Kuhlmann seinen Platz ein. Er hat die Statur und Aura eines Bären, in der Lage, mit einem Tatzenhieb einen Baum zu entwurzeln. Der Rollstuhl wirkt wie ein Fremdkörper an ihm.

»Dann erzählen Sie mal, Frau Berg. Was ist es, was Ihnen den Hals zuschnürt? Wer oder was drückt Ihnen die Luft ab?«, will er dann auch gleich wissen.

Komisch, ich dachte, man tastet sich erst mal langsam ran? »Wenn ich das wüsste, wäre ich wahrscheinlich nicht hier, oder?«

»Aber eine Ahnung werden Sie doch haben, es muss schließlich etwas Gravierendes dahinterstecken, wenn eine kerngesunde Frau sich plötzlich todkrank fühlt.« Er bewegt seinen Stuhl ein Stückchen in meine Richtung. »Ich habe ALS, *ich* bin in fünf Jahren tot. Auf den ersten Blick könnte man also die Frage, wer von uns beiden die größeren Probleme hat, ziemlich eindeutig beantworten. Also, was bilden Sie sich ein, dass ausgerechnet Sie hier als meine Patientin sitzen?«

Innerlich schnappe ich nach Luft und lasse eine Schimpftirade auf diese Unverschämtheit los. Zum Glück haben mich die anderen vorgewarnt. Ich weiß, dass das reine Provokation ist, um mich aus der Reserve zu locken. Und so bleibe ich nun schön drin und schweige einfach. Schließlich wusste schon *Fräulein Smilla*, dass die meisten Menschen Stille nicht gut aushalten. Also spiele ich jetzt eine Runde *Good Will Hunting*. Kuhlmann wirkt nicht einmal irritiert, sondern spielt einfach mit.

Nach zehn Minuten merke ich, dass ich nicht so gut im Schweigen bin wie Smilla. Nicht so gut wie Will. Und leider auch nicht so gut wie Kuhlmann.

»Tja«, sage ich schließlich, und dieses erste Wort klingt wie eine Kapitulation, »wahrscheinlich ist mein Problem wirklich winzig, zumindest, wenn ich mir die Mitpatienten so anschaue. Die arme Ulla zum Beispiel, die jahrelang ans Haus gefesselt war, kennen Sie die? Oder Ismail, der nicht mal sein kann, wer er ist?«

Ich lasse noch ein paar Einzelheiten folgen, aber Kuhlmann sieht mich nur an.

Kurz überlege ich, ob ich ihm von Ben und seiner nächtlichen Taschenkontrolle erzählen soll. Aber das kommt mir irgendwie falsch vor.

»Warum wollen Sie überhaupt wissen, wo das alles herkommt? Ich will bloß genug Kraft für meine neue Stelle haben und die Symptome loswerden. Das habe ich Ihnen doch schon gesagt. Bloß wieder essen können und keine Panikanfälle mehr haben, dann bin ich wunschlos glücklich.«

Kuhlmann legt den Kuli weg und klopft mit den Fingerspitzen einen Trommelwirbel auf den Beistelltisch. »Sie wollen also essen? Ich gebe Ihnen erst einmal etwas zu kauen, wie wäre das?«

Noch bevor ich die Verwunderung loswerden kann, die mir auf der Zunge liegt, redet er weiter.

»Folgende Frage gebe ich Ihnen als Kauknochen bis zur nächsten Stunde mit: *Ist die Abwesenheit akuten Leidensdrucks ein erstrebenswertes Lebensziel?* Die Antwort wird mit Freuden erwartet.«

»Das ist doch eine rhetorische Frage, geben Sie es zu«, sage ich beim Rausgehen und warte seine Erwiderung nicht mehr ab. *Kauknochen*, also wirklich. Auf was für Ideen der kommt! Hinterher ist es noch ansteckend und ich versuche es tatsächlich, das mit dem Kauen.

Langsam zurück auf Los. Schritt drei.

Du bist absichtlich so spät gekommen, um Andi aus dem Weg zu gehen. Seine hilflosen Telefonanrufe haben dir schon mehr als gereicht. Es ist klar, dass er die Welt nicht mehr versteht, denn er hat nichts falsch gemacht. Was also sollst du antworten auf seine Fragen nach dem Warum?

Ganz vorne links unten im Hörsaal hast du ihn sitzen sehen, also sitzt du jetzt rechts oben und versuchst, nicht zu ihm zu schauen. Die Vorlesung will nicht vergehen, die Worte des Professors haben dir nichts zu sagen, Statistik ist schon immer das reine Kauderwelsch für dich gewesen. Dies ist der letzte Schein, der dir noch fehlt, die Masterarbeit ist längst eingereicht. Einmal bist du schon durchgerasselt, du solltest dich konzentrieren, mitschreiben, aber du spürst nur diesen Kloß im Hals, der seit ein paar Tagen nicht mehr verschwinden will, und denkst nur daran, ob du es später schaffen wirst, den Saal zu verlassen, bevor Andi dich sieht.

Da fällt plötzlich dein Name.

Herr Heinrich, Frau Berg und Frau Skrypcak, ich möchte Sie bitten, nach der Veranstaltung kurz in mein Büro zu kommen, sagt der Professor und entlässt die glücklichen anderen gleich darauf in die Mittagspause. Jetzt sucht Andis Blick dich, also packst du rasch deine Sachen und machst dich davon.

Vor dem Büro des Professors warten zwei sorgenvolle Gesichter mit dir. Er ruft euch nacheinander herein, genau in der Reihenfolge, in der er vorhin die Namen aufgerufen hat. Was kommt, ist klar.

Sie stehen kurz vor dem Abschluss, aber ich fürchte, dass Sie mit der Materie nach wie vor Probleme haben, sagt der Professor. Er wisse nicht, wie du die Klausur bestehen wollest, und das sei schade, weil du in allen anderen Bereichen glänztest und dir eine vorbildliche Karriere an der Uni bevorstehe.

Er drückt dir ein paar zusätzliche Unterlagen und Übungen in die Hand. Arbeiten Sie das durch, sagt er, dann sind Sie bestens vorbereitet. Er sieht auf seine Uhr und steht auf, um seine Botschaft der nächsten zu verkünden.

Vor dem Büro zwei Gedanken. Du hast wegen der Enge im Hals schon gegoogelt und herausgefunden, dass es das Wort »Globusgefühl« dafür gibt. Jetzt gerade wird dir klar, wie gut es passt. Und: Andi könnte jetzt bei den Aufzügen stehen. Auf dich warten. Mit dir sprechen wollen. Noch einmal. Von Angesicht zu Angesicht.

Du nimmst die Treppe.

In unserer freien Stunde vor dem Mittagessen haben wir uns zum Quatschen auf das Sofa des Aufenthaltsraums gesetzt. Ulla möchte mich gern bemuttern. Nachdem sie mich am ersten Morgen vor Mannweib beschützt hat, wird dieser Instinkt bei ihr jedes Mal geweckt, wenn sie mich sieht.

»Später ist wieder Angstgruppe. Hast du schon versucht, den Milchreis zu essen?«

Zum Glück bin ich gut im Kontern.

»Bist du denn schon im Secondhandladen gewesen?«

»Ach ...«

Natürlich hat sie diese Aufgabe noch nicht erledigt, ich weiß das. Sie geht ja nicht einmal zum Rauchen vor die Tür, sondern lieber in das einzige Raucherzimmer eine Etage höher.

Ich stehe auf. »Weißt du was? Ich begleite dich einfach, das zählt doch bestimmt trotzdem. Immer schön kleine Babyschritte, oder wie das in diesem Film heißt. Komm schon!«

Ulla verzieht das Gesicht und verschränkt die Arme vor der Brust. »Ich weiß nicht.«

»O doch, das machen wir jetzt. Lacklippe wird staunen!«

Sie schmunzelt ein bisschen, vergräbt dann kurz das Gesicht in den Händen und erhebt sich schließlich. »Also gut, irgendwann muss ich ja sowieso. Aber erst muss ich noch meine Jacke holen.«

Reine Verzögerungstaktik. Die Sonne strahlt derart vom Himmel, dass niemand mehr leugnen kann, dass der Sommer endgültig im Anmarsch ist.

Schließlich ist Ulla dann doch so weit, wir tragen uns am Schwesternzimmer aus, und es geht los. Je näher wir der Stationstür kommen, desto langsamer wird sie.

»Du schaffst das«, sage ich und biete ihr meinen Arm zum Einhaken. Dankbar nimmt sie ihn an. »Weiter, nur weiter.«

Sie antwortet nicht. Im Treppenhaus, kurz bevor wir den Ausgang erreichen, wird ihr Atem dafür immer heftiger. Als ich die Tür öffne, bleibt sie ruckartig stehen.

»Ich kann nicht.«

»Doch, du kannst. Ist doch nicht weit.«

Ein paar Schritte weiter steht ein Grüppchen Patienten, man raucht und unterhält sich.

»Und du willst dich doch bestimmt nicht vor denen da blamieren«, füge ich noch hinzu.

Mich hat die Angst vor einer Blamage schon zu so einigem motiviert. Und siehe da, Ulla setzt sich wieder in Bewegung.

»Aber wir gehen ganz schnell, ja?« Gleich darauf legt sie ein beeindruckendes Tempo vor.

Wir biegen um die Ecke, und dann bin um ein Haar ich es, die nun ruckartig stehen bleibt. Nur beste Körperbeherrschung verhindert die Peinlichkeit. Da steht Ben, rauchend und lesend an einen Baum gelehnt. Er schaut auf, als wir vorüberrauschen. »Oh, hi«, sage ich unglaublich geistreich, dann sind wir schon an ihm vorbei.

»Hallo«, höre ich es noch leise hinter uns.

Ullas Fingernägel in meinem Arm verhindern, dass ich gedanklich durchkauen kann, ob dieses Hallo erfreut oder gleichgültig geklungen hat.

»Mir ist so schwindlig«, jammert sie.

Das Ochsenzoll-Gelände ist riesig, ein eigenes kleines Dorf mit angrenzendem Wald. Einige der Patienten haben erzählt, sie hätten beim Spaziergang sogar Rehe gesehen. An meinem ersten Tag habe ich mich gleich verlaufen und musste mich per Handy zu meinem Haus lotsen lassen. Der Weg zu dem Laden ist aber wirklich nicht weit.

»Wir sind gleich da, da vorne ist es doch schon.«

Ich tätschele Ullas Arm in der Hoffnung, dass sie dann ein bisschen lockerer lässt. Fehlanzeige.

Der Secondhandladen, in dem Patienten sich günstig mit Diversem eindecken können, ist in einem wunderschönen Altbau untergebracht, nicht in so einem hässlichen Flachdachneubau wie unsere Station. Ich kann die Fassadenschnörkel aber nicht lange bewundern, denn Ulla wird jetzt noch schneller. Erleichtert atmet sie auf, als wir drinnen sind, ihre grundsätzliche Anspannung aber bleibt.

»So, jetzt nichts wie rauf, ich soll ja ein Beweisstück mitbringen.«

Wir müssen in die erste Etage. Schon im Flur stehen einige Kleiderständer, außerdem Bücherkisten. Es riecht nach Mottenkugeln. Ulla rauscht durch die Tür, ich trotte hinterher. Drinnen gibt es neben einer gelangweilten Verkäuferin hinter einer Theke eine Wiederholung dessen, was wir schon gesehen haben. Jede Menge Klamotten und Bücher, hier jedoch ordentlich in Regale geräumt. Außerdem Spiele, diverser Kleinkram, Schuhe und Accessoires. Ulla greift sich einen grünen Seidenschal und lässt gleich abkassieren.

»Mit Bon, bitte.«

Als sie ihn triumphierend hochhält, huscht ein kleines Lächeln über ihr Gesicht.

Ich hingegen grinse. »Siehst du? Hat doch bombe geklappt!«

»Ja. Aber jetzt müssen wir natürlich auch wieder zurück.« Und schon verfinstert sich ihre Miene wieder.

Der Rückweg dauert jedoch nicht lange, denn Ulla legt noch einmal an Tempo zu.

»Mensch, du solltest Geherin werden, sämtliche Medaillen wären dir sicher«, hechle ich, aber natürlich ist sie nicht in der Stimmung für Scherze.

Ben steht nicht mehr an dem Baum, auch die Raucher sind nicht mehr da. In zehn Minuten gibt es Mittagessen.

»Ich muss jetzt erst mal kurz aufs Zimmer, wieder runterkommen«, sagt Ulla.

Na bitte. Keine Rede mehr von Milchreis. Darauf werde ich mir gleich ein schönes Schokosüppchen genehmigen.

Abends, als ich im Badezimmer gerade vor dem Spiegel stehe und meinen Hals betaste, der sich irgendwie geschwollen anfühlt, klopft es so zaghaft an der Tür, dass ich zuerst glaube, mich verhört zu haben. Ich lausche in die Stille hinein, aber nichts. Bestimmt zwei Minuten lang. In dem Moment, in dem ich mich wieder dem Spiegel zuwende, ertönt es erneut; mehr ein Streicheln der Tür als ein Klopfen.

Ich verlasse das Bad, setze mich aufs Bett und rufe einfach mal: »Herein!«

Es ist Ismail, der sich vorsichtig durch den kleinen Spalt, den er die Tür nur geöffnet hat, hineinschiebt.

»Hallo. Ich ... wollte dich mal was fragen.« Sein Blick klebt am Boden, die Finger nesteln an den Schlaufen seiner Jeans.

Oha, jetzt bin ich aber gespannt. »Was gibt's denn?«

»Es ist, weil ...« Er räuspert sich. »Bisher habe ich mich noch nicht getraut, meine Frauensachen anzuziehen und damit rumzulaufen. Also, außerhalb des Zimmers. Frau Schmittke hat gemeint, ich soll erst mal jemanden ansprechen und ihm meine Sachen zeigen. Wär das okay für dich? Ich habe ein paar echt schöne Kleider.« Er lacht unsicher.

Nachdem er einmal mit dem Überwinden angefangen hat, hört Ismail wohl so schnell nicht wieder auf. Aber ich kann mir vorstellen, dass es trotzdem alles andere als leicht für ihn war, mich das zu fragen. Also lächle ich ihn extrabreit an und stehe auf.

»Na klar, gern!«

Auf dem Weg zu seinem Zimmer merke ich, dass ich mich ein bisschen geschmeichelt fühle, weil er mich ausgesucht hat und also offenbar für vertrauenswürdig hält. Dass ich in Modedingen sicher nicht die beste Ansprechpartnerin bin, kann er ja nicht wissen.

Das Erste, was mir auffällt, nachdem wir durch die Tür sind, ist der Schminkspiegel auf dem Nachttisch. So einen könnte ich auch brauchen, dann müsste ich mich nicht immer vor dem Waschbecken verbiegen, wenn mir etwas seltsam vorkommt. Bestimmt vergrößert er sogar.

Als Ismail seine Schranktüren öffnet, vergesse ich den Spiegel. Die Kleiderstange und die einzelnen Fächer platzen aus allen Nähten, und auf dem Boden steht noch eine Reisetasche, die alles andere als leer aussieht. Dicht an dicht hängen und liegen die Klamotten im Schrank, sortiert nach schwarz und schreiend bunt. Ismail zieht einen Stuhl neben das Bett.

»Am besten setzt du dich hier hin, und ich hole nach und nach alles raus.«

Ich nicke und richte mich darauf ein, nicht vor Mitternacht wieder aus diesem Zimmer herauszukommen.

»Ist es auch wirklich okay?« Sein Adamsapfel hüpft.

Ich habe noch nie einen Transsexuellen kennengelernt, und die, die man im Fernsehen so sieht, sind entweder schrill und selbstbewusst oder zumindest überzeugt von dem, was sie tun und wer sie sind. Ismail ist nichts davon. Er ist wie ein Küken, dem der Eizahn fehlt. Man muss ihm aus der Schale helfen.

»Aber klar ist das okay. Leg los, ich bin gespannt!«

Er lacht befreit, und das Lachen erreicht auch seine Augen. Plötzlich sehe ich etwas wie zaghafte Freude darin.

»Weißt du, ich habe schon immer davon geträumt, solche Mädelssachen machen zu können. Das machen Frauen doch gern, sich gegenseitig ihre Kleider zeigen.«

Nicht alle, aber das sage ich ihm jetzt nicht. Er dreht sich wieder zum Schrank und steht einen Moment lang sinnierend davor wie eine Grande Dame, deren schwerste Entscheidung des Tages es ist, das passende Kleid für die Theaterpremiere auszuwählen. Im Zweifel wird es dann immer das kleine Schwarze, und genau das zieht Ismail nun auch hervor. Kurz, sehr kurz. Schmal geschnitten und ärmellos, mit dezentem Ausschnitt vorn und einem größeren am Rücken.

»Schön«, sage ich, und er legt es auf das Bett, setzt sich daneben und streichelt sacht mit der flachen Hand über den Stoff.

»Das war das erste, das ich im Laden gekauft habe. Das meiste habe ich ja im Internet bestellt. Aber ich wollte so gern auch mal wie eine richtige Frau shoppen gehen und stöbern. Ich hatte solche Angst, als ich es dann gemacht habe. Vor allem an der Kasse dann.«

Ich streiche ihm kurz über den Arm. »Aber du hast es gemacht, das ist doch super! Man sieht ja auch öfter mal Männer in der Damenabteilung, manche mit Freundin, aber einige kaufen auch allein etwas als Überraschung oder so, ich wette, es hat gar keiner auf dich geachtet.«

»Ja, das habe ich mir auch gesagt. Trotzdem kam ich mir vor wie auf dem Präsentierteller und war nassgeschwitzt, als ich den Laden dann verlassen habe.« Er steht auf. »Aber jetzt versuche ich mir immer zu sagen, es ist doch nichts Unrechtes, was ich tue. Ich tue doch keinem weh.«

In dem Moment, in dem er sich wieder zum Schrank dreht und ich auf seinen schmalen Rücken schaue, wo die Schulterblätter sich wie Flügelstummel unter dem Shirt abzeichnen, fliegt ihm mein Herz zu. Bis Ismail sich ganz aus seiner Schale befreien kann, müssen sicher mehr Stücke herausgebrochen werden, als das Escherpuzzle Teile hat, aber hey, mal sehen, was sich machen lässt.

Er holt das nächste Kleid heraus, wieder schwarz, wieder kurz, aber mit langen, durchsichtigen Ärmeln.

»Ich liebe Chiffon«, sagt Ismail. »Er fühlt sich so gut an auf der Haut.«

Dann noch ein schwarzes Kleid, paillettenbesetzt und kurz, natürlich.

»Eigentlich viel zu teuer, aber es sah so süß aus, da musste ich es einfach haben.«

Typisch Frau, denke ich und sage: »Typisch Frau«, und dann lachen wir beide, und der Bann ist endgültig gebrochen.

In rascher Folge verlassen die nächsten Kleidungsstücke den Schrank und wandern aufs Bett, jedes von mir gebührend bewundert. Noch etliche Kleider, jetzt auch in Bunt, nur eines davon lang, eine Robe aus Satin.

»Einmal damit ausgehen, das wäre wie im Märchen«, seufzt Ismail leise.

Blusen mit Rüschen, Blusen mit Gürtel, durchsichtige Blusen, Wickelblusen, alle in verschiedenen Farben. Longshirts, eines weiß mit Tigerkopf, eines schwarz mit Papagei. Leggings. Schwarz aus Stoff, schwarz aus Lederimitat, schwarz mit Spitze. Miniröcke. Karierte Faltenröcke aus Stoff und ultrakurze Jeansröcke. Davon fünf, einer könnte wohl eher als breiter Gürtel durchgehen. Ansonsten unterscheiden sie sich nicht groß. Ein etwas anderer Blauton vielleicht, anders geformte Taschen oder minimale Unterschiede bei den Applikationen.

Es ist schon erstaunlich. Auf dem Bett eines Psychiatriezimmers liegt der Inhalt eines Kleiderschranks, der der Traum einer jeden Frau in der normalen Welt wäre, und manches davon finde ich ja auch durchaus schön, aber ich glaube, es ist nicht ein einziges Kleidungsstück dabei, das ich freiwillig anziehen würde. Alles zu kurz, zu eng. Einen Rock habe ich aus Versehen vor zwei Jahren mal gekauft, aber ein Kleid habe ich nicht mehr getragen, seit ich zum Abschluss der Grundschule von meiner Mutter dazu gezwungen wurde. Hoffentlich will sich Ismail nicht im Gegenzug auch den Inhalt meines Kleiderschranks anschauen. Es könnte nichts anderes als eine bodenlose Enttäuschung für ihn werden.

Ganz links auf der ansonsten jetzt leeren Kleiderstange hängen zwei identisch aussehende Jeans, in einem Fach darüber liegt ein kleiner Stapel schwarzer T-Shirts. Seine Männersachen.

»So viele tolle Klamotten, ich bin platt«, sage ich mit einem Blick auf das Bett, und in Ismails Augen flammt freudiger Stolz auf.

»Das ist noch nicht alles, aber die Unterwäsche lasse ich lieber mal weg.« Er kniet sich vor die Reisetasche auf dem Boden des Schranks. »Aber ich habe hier noch ein paar schöne Schuhe.«

Er kramt und zieht drei Paar High Heels hervor, ein Paar schwarz und geschlossen, eines vorn und hinten offen und rote Peeptoes. Alle haben eine Plateausohle und einen Absatz von mindestens zehn Zentimetern. Ich überlege, dass er es vielleicht so übertreiben *muss* mit den Klamotten und den Schuhen, um sich nach einem Alltag als Mann wirklich richtig als Frau fühlen zu können.

»Ganz schön schwer, auf denen zu gehen, da beneide ich euch Frauen drum, dass ihr das so gut könnt. Aber ich kann ja auch nicht viel üben, auf meinem Zimmer geht das schlecht, und raus habe ich mich nur nachts ganz wenige Male getraut, wenn meine Eltern nicht da waren.«

»Du wohnst noch zu Hause?«

Er nickt. »Ja, das ist mein anderes Problem, ich hab den Absprung nie geschafft. Und deshalb kann ich auch nur dann Hülya sein, wenn meine Eltern schon ins Bett gegangen sind.«

Ach, du Schande. So langsam kann ich mir ein Bild davon machen, wie groß sein Leidensdruck wirklich sein muss.

»Aber wie machst du das denn mit deinen ganzen Klamotten und allem?«

Ismail seufzt. »Heute nicht, ja? Ich erzähl dir das alles mal, aber heute nicht. Ich hatte solche Angst davor, das jemandem zu zeigen, und ich bin so froh, dass du es so gut angenommen hast und dass ich es überhaupt geschafft habe. Das möchte ich mir nicht verderben. Ich danke dir so.«

Er sieht aus, als würde er gleich weinen. Verlegen stehe ich auf.

»Klar, kein Problem, das verstehe ich doch.« Noch einmal berühre ich seinen Arm. »Danke *dir* für dein Vertrauen. Beim nächsten Mal zeigst du mir, wie so ein Kleid angezogen aussieht, okay?«

Ismail sieht mich an. »Findest du mich wirklich nicht pervers?«

Was ich darauf antworten werde, zählt, sagen seine Augen. »Quatsch. Absoluter Quatsch. Natürlich nicht. Kann ich dir noch beim Einräumen helfen?«

»Ach, das mach ich später. Ich glaube, ich ziehe gleich noch etwas Schönes an und lese ein bisschen, bevor ich dann schlafe. Ein schöner Ausklang für einen schönen Abend. Noch mal danke.«

»Du wiederholst dich«, sage ich. »Schlaf gut.«

Später im Bett sehe ich ihn vor mir, wie er nachts im Kinderzimmer seines Elternhauses in dem Kleid mit den Chiffonärmeln vorsichtig in Pumps einen Fuß vor den anderen setzt, dabei immer ängstlich mit einem Ohr in die Stille lauschend, weil jedes Husten und jedes Klicken eines Lichtschalters sein Geheimnis bedroht.

Einzeltherapie, Sitzung drei

»Und dann hat mich Ismail gefragt, ob er mir seine Kleider zeigen darf. Durfte er natürlich, und ich habe ihn danach auch darin bestärkt, bald den nächsten Schritt zu tun.«

In der heutigen Sitzung habe ich das Schweigen übersprungen und gleich von den anderen Patienten erzählt, angefangen mit Ullas Gang zum Laden.

Kuhlmann ist wenig beeindruckt. »Sagen Sie mal, wollen Sie nur anderen helfen oder auch sich selbst? Oder geht es vielleicht gar nicht ums Helfen, sondern darum, keine Zeit zu haben, sich mit sich selbst zu beschäftigen?«

Könnte sehr gut sein, dass er recht hat. Laut sage ich: »Das ist doch Unsinn. Und seit wann ist es ein Verbrechen, wenn man anderen beistehen will?«

Scheinbar hilflos in die Luft gehobene Arme bei Kuhlmann. »Und wer steht Ihnen bei? Ich. Aber Sie machen dicht. Durch geschlossene Fensterläden hindurch kann man nicht sehen, was sich in einem Haus abspielt.«

Wow. Wahnsinnsmetapher. Er hätte vielleicht besser Germanist werden sollen statt Psychologe. Kann er sich denn nicht denken, dass das alles schwer ist? Ich will keinen Kram aus meiner Vergangenheit hervorwühlen. Die Gegenwart ist doch schon beschissen genug.

Ich probiere es noch einmal mit Schweigen und schaffe diesmal zwölf Minuten. Nicht schlecht, aber einen Stoiker schlägt man damit nicht.

Wie aus dem Nichts kommt mir plötzlich eine Idee. »Wissen Sie«, sage ich, »Sie hatten von Anfang an einfach vollkommen recht. Gegen Ihre Krankheit ist mein Problem total nichtig. So nichtig, dass sich das Sprechen darüber gar nicht lohnt. Das ist mir inzwischen klargeworden.«

Ich rechne mit Genervtheit als Reaktion, aber nicht mit dem schallenden Lachen, das mir jetzt in den Ohren dröhnt. »Das gibt's ja nicht«, bringt er irgendwie hervor und wischt sich eine Träne aus dem Augenwinkel, »mich mit meinen eigenen Waffen schlagen, das hat ja noch niemand versucht.«

»Tja«, sage ich und lache ein kleines bisschen mit.

»Ich mache Ihnen einen Vorschlag«, meint Kuhlmann, als er sich wieder beruhigt hat. »Wir gehen erst einmal zu dem Zeitpunkt zurück, als die Probleme mit dem Essen und die Panikattacken anfingen. Was war da los, wie ging es Ihnen damals?«

Ich weiß nicht, ob es an der gelösten Stimmung liegt, aber ich lasse mich tatsächlich hinreißen und erzähle nicht nur von dem Stress an der Uni, sondern auch von Andi.

Langsam zurück auf Los. Schritt vier.

Sarah und Marie, die ebenfalls als Hilfskräfte für deinen zukünftigen Doktorvater arbeiten, haben dich in der Mensa bequatscht. Andi sehe doch gut aus, wisse, was er wolle, und dass du selbst ihm eher neutral gegenüberstehst, bedeute doch erst einmal gar nichts. So ein Date sei doch völlig unverbindlich, wenn du dich noch länger ziertest, würde er erst recht nicht lockerlassen.

Du willst dir bloß den Weg sparen, weil du doch weißt, wo du am Ende ankommen wirst, aber du fürchtest, die beiden könnten recht haben. Jedes Mal spricht er dich nach der Vorlesung an, schlägt immer neue Dinge vor, und langsam gehen dir die Ausreden aus. Er ist doch nett, vielleicht bist du einfach bloß ungerecht, und wer weiß ... Er bringt immer wieder Lakritzschnecken mit, weil du beim ersten Mal gesagt hast, dass du sie gern magst, lässt dich die Statistik-Aufgaben abschreiben und in seine Sätze immer wieder mal unbeholfen ein Kompliment einfließen, auf das du nichts zu sagen weißt.

Sei doch nicht immer die Unnahbare! Dieser Satz von Marie schiebt sich zusammen mit den anderen Überlegungen vor das Nein, das aus deinem Mund kommen will, als Andi nach der nächsten Vorlesung erzählt, dass die Körperwelten-Ausstellung begonnen habe und ihr beide doch zusammen hingehen könntet.

Okay, ich mag Gruselkabinette, sagst du also stattdessen, und

Andi schaut einen Moment lang leicht verdutzt, bevor er sich strafft und lacht und gleich alle Details abklärt. Samstag, vierzehn Uhr, er holt dich mit dem Auto ab, also Körperwelten mit Andi. Drei Tage Zeit, dir Gedanken zu machen.

Die Wolken hängen tief, als du aus dem Haus kommst, um davor auf Andi zu warten; beim Aufspannen des Schirms meinst du fast, in eine hineinzustechen. Vielleicht kommt er gar nicht, denkst du gerade, da biegt er um die Ecke, hält am Straßenrand und öffnet die Beifahrertür.

Heyho, auf geht die wilde Fahrt!, witzelt er, während du dich bei dem Versuch, dich anzuschnallen, fast erwürgst. Anderer Typ, gleiche Aufregung.

Es geht schnell diesmal, schon während der Fahrt fallen dir erste negative Eigenschaften an ihm auf. Er erzählt ausschweifend von seinem Hobby. Flugzeugturbinen. Mit mehr Details, als jemanden, der sich noch nie damit befasst hat, interessieren könnte. Und dich sowieso. Doch das merkt er nicht, hat eigentlich auch keine Chance dazu, sondern fühlt sich von deinen höflichen Nachfragen, deinen Ahas und Ach-sos, nur ermutigt. Das musst du dir selbst ankreiden. Aber außerdem meinst du, unangenehme Ausdünstungen aus seinem Mund zu riechen.

Dass die Ausstellung auf der Reeperbahn beheimatet ist, hast du auch nicht gewusst. Einer der Orte in Hamburg, zu denen es dich gewiss am wenigsten hinzieht. Ist doch ein Muss für jeden Zugereisten, hat Anja gesagt, und so bist du mit ihr und ein paar Bekannten einmal dort gewesen. Hast dich beim Blick in die Schaufenster schön blamiert, als du gefragt hast, warum in einem Sexshop so niedliche Quietscheentchen verkauft würden. In Wahrheit ist es ein getarnter Unter-Wasser-Vibrator gewesen.

In dem Gebäude war früher das Erotic-Art-Museum, erzählt

Andi, als ihr das Auto parkt und die letzten Meter zu Fuß geht. Informationen, die die Welt nicht braucht, notierst du im Geist auf der Negativliste, findest aber schon nach dem Eintreten, dass Ausstellung und Ort gut zusammenpassen. Im Eingangsbereich steht neben der Kasse gleich das erste Exponat. Ein Basketballer, mitten im Lauf während des Dribbelns, den Mund weit aufgerissen.

Im Besuchergetümmel siehst du ihn nie komplett, bejackte Rücken geben aber immer wieder den Blick auf Teile seiner Nacktheit frei. Das Plastinat hat keine Haut, die Muskeln können in Aktion beobachtet werden. Auch die Schädeldecke ist geöffnet und leicht angehoben. Das freiliegende Gehirn verrät jedoch nichts über seine wie auch immer geartete Denktätigkeit während des Spiels. Bleich baumeln die Geschlechtsteile zwischen den Beinen des Spielers. Dass Andi augenzwinkernd darauf deutet, nachdem er gezahlt und die Audiogeräte in Empfang genommen hat, macht es nicht besser. Muss das denn unbedingt auch gezeigt werden, fragst du dich und schiltst dich gleich darauf für deine Naivität. Natürlich muss es.

Drinnen ist es noch voller, die Ausstellungsstücke sind auf drei Etagen mit vielen kleinen Räumen und Gängen untergebracht, es herrscht Gedrängel, was dir aber nichts nützt. Andi wartet so lange an jedem Exponat, bis ihr in die erste Reihe vorrücken könnt. Und es ist ja durchaus interessant, das alles, auch wenn dich eher die vom Restkörper gelösten Teilstücke faszinieren. Die Raucherlunge neben der gesunden zum Beispiel. Deine Eltern rauchen beide Kette. Jetzt weißt du ein wenig darüber, was in ihrem Inneren vorgeht. Wie eine Lunge nach einundzwanzig Jahren Passivrauchen wohl aussieht, überlegst du zerstreut.

Während ihr euch anhört, was der Audio-Guide zu einem Reiter auf seinem Hengst zu erzählen weiß, kommt Andi dir immer näher, berührt wie zufällig deinen Arm mit seinem. Deine Muskeln versteifen sich sofort, werden hart und kalt wie Eis.

Als er dir erzählt, dass dieses Stück der Ausstellung in anderen Städten nur in Goldfolie gehüllt gezeigt werden durfte, gehst du einfach weiter. Deine Stimmung ist plötzlich auf dem Nullpunkt. Er nervt. Und wie er dir jetzt hinterherdackelt! Du durchschaust ihn mit seinem Wunsch, dir zu gefallen, dir näherzukommen, alles den typischen Gang gehen zu lassen, und seine Durchschaubarkeit widert dich an.

Mit deiner Einsilbigkeit erntest du auf dem restlichen Gang durch die Körperwelten immer wieder irritierte Blicke von Andi, aber er sagt nichts.

Magst du noch was trinken gehen?, fragt er nur vorsichtig, nachdem ihr das Gebäude verlassen habt, und natürlich lehnst du das ab. Du willst nur noch nach Hause.

Auf der Rückfahrt, bei der du auf dem Beifahrersitz möglichst weit nach rechts rückst, weil seine körperlichen Ausdünstungen mittlerweile fast unerträglich geworden sind, fasst er sich endlich ein Herz.

Du, Lea, was ist denn eigentlich mit dir los? Du bist so komisch heute. Hast du was? Hab ich was falsch gemacht?, will er wissen, und du weißt, dass er eigentlich nichts falsch gemacht hat. Dass dein Verhalten gemein und ungerechtfertigt ist. Aber anders kann es nicht sein, und deshalb wirst du jetzt noch eins drauflegen. Du schweigst eine Weile und lässt die Kälte, die du noch von vorhin im Arm spürst, in deinen ganzen Körper fließen. Kurz vor deinem Haus ist der Moment für die Antwort gekommen.

Hör mal, es tut mir wirklich leid, du bist schon in Ordnung. Aber falls du geglaubt hast, dass das zwischen uns beiden was werden kann, dann muss ich dich enttäuschen, und das sag ich dir besser gleich. Sollst dir keine falschen Hoffnungen machen und unnütz Zeit investieren.

Aber ... Andi würgt den Motor ab, als er am Straßenrand

anhält, damit du aussteigen kannst. Lea, lass uns noch mal drüber re…

Du schlägst die Autotür zu und gehst ins Haus, ohne dich noch einmal umzusehen. Drinnen machst du zuerst dein Handy aus und ziehst den Telefonstecker. Dann stellst du Musik an. Laut.

Zwei Tage nachdem Ulla und Ismail von Lacklippe ein »Prima« kassiert haben und ich mit einem »Dann versuchen Sie es bitte bis nächste Woche« abgefertigt wurde, nehme ich so einen dämlichen Apfelmilchreis mit aufs Zimmer. In aller Abgeschiedenheit will ich es nun doch einmal probieren. Nur Ulla passt auf. Erst habe ich sie getriezt, natürlich nur zu ihrem Besten, und nun ist es völlig verständlich, dass sie auch mich triezen will. Sie macht den Becher auf und wedelt dann mit einem kleinen Beutelchen.

»Soll ich dir vielleicht noch ein bisschen Zimt drüberstreuen?«

»Bist du verrückt?« Ich reiße ihr den Becher aus der Hand. »Den könnte ich doch einatmen, und was dann?«

Sie hebt beschwichtigend die Hände. »Ist ja gut. Hauptsache, du isst was. Hmm, wie lecker das schon riecht! Jetzt probier!«

Es riecht wirklich gut, mein Magen knurrt vorfreudig. Ich rühre ein wenig im Becher herum. Eigentlich ist das alles ja nur eine weiche Matsche. Aber die Reiskörner sehen so verdammt groß aus. Mit dem Löffel teile ich eine winzige Menge ab. Dies hier ist ein Krankenhaus. Hier sind Ärzte, die mir sofort helfen können, wenn etwas schiefgeht. Mein Herz pocht. Ulla lächelt ermutigend. Also gut. Einfach in den Mund damit. Nein, doch nicht. Durchatmen. Jetzt.

Jetzt. Ganz seltsam fühlt sich die ungewohnte Konsistenz an. Es ist wirklich nicht mehr als ein wenig Brei, dennoch kann ich nicht aufhören zu kauen.

»Super machst du das, aber jetzt schluck runter, Lea. Komm, du schaffst das!« Ulla fehlen jetzt nur noch Pompons. Als Erfinderin einer Sitzchoreographie könnte sie in die Geschichte eingehen.

Ich greife nach der Wasserflasche, schlucke krampfhaft und spüle sofort nach. »O Gott, geschafft!«

»Juhu!«, jubelt Ulla, und mein Magen stimmt ein. Dann fordern beide mehr.

Inzwischen mutiger, mache ich den Löffel diesmal richtig voll. Verdammt, ich habe Hunger! Kauen, schlucken, kauen, schlucken, es ist doch eigentlich ganz einfach. Ich schaffe den halben Becher, dann merke ich plötzlich, dass etwas nicht stimmt, und schleudere den Löffel weg. Klirrend schlägt er auf dem Boden auf, schlittert bis an die gegenüberliegende Wand.

»Ulla, mir steckt da was im Hals fest!«

Sie macht große Augen. »Nein, Lea, das bildest du dir ...«

»Doch, da ist was, ich spür's doch!«

»Lea, komm, versuch es mit der Wahrnehmungslenkung!«

Einmal bin ich erst in der WL-Gruppe gewesen, in der wir lernen sollen, wie man kritische Situationen durch bestimmte Übungen besser übersteht.

»Ach, aber das bringt doch ni...!«

Ulla fasst mich am Arm. »Versuch es einfach!«

Ich reiße mich los. Wie ging das noch?

»Stopp!«, rufe ich und klatsche gleichzeitig in die Hände. Jetzt die Aufmerksamkeit auf eine positive Erinnerung oder etwas in der Umgebung lenken. Der Kandinsky wäre sicher gut, aber es klappt einfach nicht. Man kann sich doch nicht auf bunte geometrische Figuren konzentrieren, wenn man zu ersticken droht. Ich springe auf und laufe zur Tür.

»Ulla, ich muss sofort zu einem Arzt!«

Auf dem Flur renne ich Ben fast um. Erschrocken fängt er sich und bewahrt dann auch noch mich knapp vor einem Sturz.

»Lea, was ist mit dir?«

Er schaut so besorgt aus, dass mir fast die Tränen kommen.

»Da ist was in meinem Hals«, kreische ich hysterisch, »ich werde ersticken!«

»Aber nein«, sagt er sanft. »Schau mal, du kannst doch atmen, du kannst reden. Es ist alles in Ordnung mit dir.«

Ich möchte ihm so gern glauben. Trotzdem renne ich weiter zum Schwesternzimmer.

Als ich am nächsten Morgen mit meinem Erdbeertrunk in den Frühstücksraum komme, kann ich mich an den vorangegangenen Abend nicht mehr erinnern. Mich hat der gleiche Gedächtnisverlust ereilt wie Ben letztens. Tavor natürlich. An mein Mordstheater vor der Dröhnung erinnere ich mich aber leider noch. Sie mussten sogar den Internisten kommen lassen, weil ich auf einer genauen Untersuchung bestanden habe.

Unauffällig lasse ich den Blick schweifen und finde Ben an einem Tisch am Fenster, ins Brotschmieren vertieft. Ich setze mich möglichst weit weg und mit dem Rücken zu ihm.

»Mensch, Süße, wie geht's dir denn?« Ulla ist angekommen. Sie drückt mir die Schultern und setzt sich dann neben mich. »Als du gestern wiederkamst, warst du ja gar nicht ansprechbar. Nur deine Tür hat man noch zuklappen hören, und dann bist du wohl gleich weggeratzt.« Sie beißt in ein Butterhörnchen. »Geht's denn wieder?«

»Ja, klar, alles gut«, sage ich und beobachte, wie sie ihr Ei köpft. Dabei fällt mir Ismail ein und dass ich Ulla doch am besten jetzt von dem Abend auf seinem Zimmer erzählen könnte, aber erstaunlicherweise ist das für sie keine Neuigkeit mehr.

»Ich weiß, ich hab gestern mit ihm ein bisschen in der Sitzecke bei diesem Schleifenpuzzle gesessen, übrigens echt gemütlich die Sessel, und da hat er mir davon erzählt. Ganz glänzende Augen hat er dabei gehabt, der Jung.«

»Ja, als er erst einmal aufgetaut war, hatte er richtig Spaß dran.«

Innerlich beglückwünsche ich mich dazu, dass der Themenwechsel mal wieder gut geklappt hat.

»Genau«, sagt Ulla. »Und dann hat er mir erzählt, dass er sich noch nicht getraut hat, sich mal so richtig zu schminken, weil er gar nicht weiß, wie er das anstellen soll. Er hat es zwar schon probiert, ist aber gleich am Kajal gescheitert. Und weißt du was?« Erwartungsvoll starrt sie mich an, Marmelade am Mundwinkel.

»Nee, nun sag schon.«

»Ich hab ihm angeboten, dass ich ihn doch mal hübsch machen könnte, und deshalb sind wir beide heute Abend um neun bei ihm auf dem Zimmer zu einer Schminksession geladen.«

Der Strohhalm meines Drinks, den ich sicherheitshalber

mit einer Hand festhalte, damit er mir nicht in den Mund rutschen kann, saugt sich an meiner Lippe fest. Es kitzelt.

»Wir?«

»Ja, wir, mein Schatz. Mir war doch gestern schon klar, dass du nach dem Zwischenfall auch ein wenig Ablenkung gebrauchen kannst. Und du siehst ja jetzt noch ganz erschöpft aus.« Ulla wirft ihren mütterlich-besorgten Blick über mich wie eine warme Decke. Die verrutscht aber gleich wieder, als sie ihre Hand auf meinen freien Unterarm legt und ermunternd darüberrubbelt. »Komm schon, das macht Spaß!«

Um uns herum wird schon abgeräumt. Ich will hier raus sein, bevor Ben vorbeikommt.

»Ist ja gut, ich komme mit, warum auch nicht?«

Ulla ist zufrieden. Als ich gehen will, ruft sie mir noch nach: »Ach, ich weiß gar nicht, was er so an Schminkzeug hat. Viel kann es ja nicht sein, bring doch mal zur Sicherheit deins mit. Ich packe auch ein Basis-Set zusammen.«

Um Punkt zwei Minuten vor neun, ich will ja Ulla nicht verärgern, laufe ich abends mit meiner Wimperntusche und dem Lipgloss in den Händen über den Flur. Ich überhole Ulla, die ein kleines Kosmetiktäschchen an ihre Brust gepresst hat.

»Dann wollen wir mal.« Schwungvoll klopft sie an Ismails Tür. Als er aufmacht, sind seine Wangen vorfreudig gerötet. »Das ist so total lieb von euch, wirklich. Ich bin so aufgeregt.«

Es stellt sich natürlich heraus, dass Ullas Sorgen bezüglich des möglichen Nichtvorhandenseins von genügend Schminke völlig unbegründet gewesen sind. Ismail hat ein ganzes Beauty-Case voll. Eine ganze Palette Lidschatten, dazu Kajalstifte und Wimperntusche in mehreren Farben, mindestens ein Dutzend Lippenstifte, mehrere Puder, Make-up-Fläschchen und jede Menge Pinsel. Beiläufig lasse ich mein Gloss und die Tusche in die Hosentasche gleiten.

Ulla ist begeistert und wirft ihr Täschchen achtlos aufs Bett. »Na, wenn wir damit keine Königin der Nacht aus dir machen können, dann weiß ich auch nicht!«

Sie dirigiert Ismail mit einem Stuhl, bis er genau unter der Deckenlampe steht. Während er sich setzt und Ulla ihm ein Handtuch umlegt, mache ich es mir auf dem Bett gemütlich. Ich habe jetzt nur eine Statistenrolle, und das ist mir ganz recht.

Zuerst greift Ulla zu Feuchtigkeitscreme und Make-up, tupft beides dann nacheinander mit sanften Fingern auf. Ismail hat die Augen geschlossen, seine Lider zucken unruhig, die Wimpern tanzen.

»Sehr schön, du hast daran gedacht, deckendes Make-up zu kaufen«, sagt Ulla. »Als Türke hast du ja einen ziemlich starken Bartwuchs.«

»Ja, leider. Wenn ich irgendwann mit Hormonen anfange, wird er weniger. Den Rest erledigt dann der Laser, aber das soll alles ziemlich langwierig sein.«

»Achtung!« Ulla stäubt eine ordentliche Portion Puder über sein Gesicht. »Bis du deinen Bart los bist, kannst du übrigens auch Concealer nehmen. Meine Schwägerin hat einen ziemlichen Damenbart, die macht das auch immer.«

Ich habe keine Ahnung, was Concealer ist, Ismail hingegen schon.

»Okay, danke für den Tipp, ich dachte, der wäre nur für Augenringe.«

Es folgt der Lidschatten, Ulla wählt verschiedene zarte Grüntöne, die zur Braue hin immer heller werden. Danach ist der Kajal dran. Ismails Lider flattern noch mehr als vorhin, aber der dunkelbraune Lidstrich ist perfekt, als Ulla den Stift absetzt. Auch die Wimperntusche bekommt sie problemlos hin. Ich frage mich, ob sie früher Kosmetikerin gewesen ist.

Beim Auftragen des Rouges fasst Ismail sich plötzlich an den Adamsapfel.

»Der hier macht mir eigentlich die größten Sorgen. Der wird nicht verschwinden und immer das sein, an dem man erkennt, dass ich als Mann geboren wurde. In einem Transgender-Forum habe ich gelesen, dass man ihn sich abschleifen lassen kann.« Er schluckt, und einen Moment lang sieht es so aus, als wollte sein Kehlkopf sich verstecken, um einer solch martialischen Behandlung zu entgehen. Mir wird ein bisschen schlecht, ich muss kurz wegsehen. »Aber na ja, noch weiß ich nicht einmal, ob ich diese ganzen Schritte überhaupt jemals gehen werde.«

»He, keine solchen Gedanken jetzt, das schadet doch dem Teint«, versuche ich einen Witz.

Ismail lächelt, aber Ulla sagt: »Halt, bitte mal den Mund spitzen jetzt.«

Der Lippenstift, den sie aufträgt, hat ein leicht ins Orange gehendes Beige. Ich finde es gut, dass sie ihn nicht so übertrieben schminkt, wie man es bei Transvestiten häufig sieht.

»Fertig. So, Lea, nun sag mal was«, wendet sie sich an mich. Ismail öffnet die Augen und richtet den Blick ebenfalls erwartungsvoll auf mich.

»Gute Arbeit«, sage ich. »Du siehst wirklich hübsch aus. Soll ich den Spiegel holen?«

»Ja. Oder nein, warte.« Ismail springt auf. »Ich hab da

noch was.« Er öffnet seinen Schrank und die Reisetasche. Als er sich umdreht, hält er zwei Langhaarperücken in den Händen. Einmal blond, einmal braun. »Welche soll ich nehmen?«

»Die braune. Ich habe dich doch passend zu deiner Haarfarbe geschminkt.«

Ulla weiß Bescheid, und so legt er die blonde weg und zieht mit Schwung die andere über.

»Gut so?«

»Moment noch.« Ich zupfe ihm ein paar Strähnen zurecht und hole dann den Schminkspiegel von seinem Nachtschrank. »Jetzt.«

Ismail atmet tief durch und nimmt mir den Spiegel ab. Er überlegt mindestens so lange wie ich bei dem Milchreis, bevor er ihn sich vor das Gesicht hält. Und dann füllen sich seine Augen mit Tränen.

»Oh, das sieht wunderschön aus, danke, Ulla, so hätte ich das niemals alleine hingekriegt. Jetzt sehe ich wirklich aus wie eine echte Frau.«

Um ehrlich zu sein, sieht er bloß aus wie ein geschminkter Mann, aber ich glaube, ich würde jedem den Kiefer brechen, der es wagen würde, ihm das ins Gesicht zu schmettern.

»Wie Hülya eben«, sage ich, und da laufen seine Augen über. Schnell greift er nach einem Taschentuch und tupft sich die Augenwinkel ab.

»Keine Sorge, die Wimperntusche ist wasserfest«, meint Ulla mit belegter Stimme.

Ismail lacht zittrig. »Ich danke euch so, dass ihr meine Freundinnen seid.«

Dann ist Ulla bei ihm und umarmt ihn, und irgendwie

gerate auch ich in diese Umarmung, die vor lauter Gefühlen so fest ist, dass sie mir kurz den Atem nimmt.

Später, zurück auf meinem Zimmer, finde ich beim Blick in den Spiegel ein wenig Lippenstift auf meiner Wange, zerreibe ihn wie Rouge und stelle fest, dass sich das anfühlt wie Samt.

Einzeltherapie, Sitzung vier

Nachdem wir beim letzten Mal tatsächlich Rückschau betrieben haben, ist es mir heute wichtig, noch einmal zu betonen, worum es mir am meisten geht. Gerade auch wegen des Milchreisdesasters letztens.

»Meine Zukunft. Ich muss das hinkriegen mit der Stelle, ich muss bis dahin wieder fit sein. Neben dem Forschungsprojekt werde ich noch zwei Seminare geben. Meine Arbeit ist einfach das Wichtigste.«

»Weil sie das Einzige ist?«, fragt Kuhlmann.

Ich beschließe, dass ich mit dieser Frage nichts anfangen kann, und sage weiter nichts dazu.

Mein lieber Herr Therapeut übt sich in Mimikry, ignoriert meine Aussage und schneidet ein völlig anderes Thema an. »Warum haben Sie Ihr erstes Studium abgebrochen und sind für das zweite nach Hamburg gegangen?«

Gefährliches Terrain, aber ich werde versuchen, die Minen zu umgehen. »Das dämliche BWL-Studium hatte ich nur auf Wunsch meines Vaters begonnen, aber es lag mir so gar nicht. Um mir nicht ständig Klagen anhören zu müssen, bin ich dann lieber gleich ganz weggegangen. Der Kontakt ist jetzt auch nur noch sehr sporadisch, aber dagegen habe ich nichts.«

»Glauben Sie wirklich, Weglaufen würde irgendwelche

Probleme lösen?« Er setzt einen halb mitleidigen, halb provokanten Blick auf. »Da hätte ich Sie für intelligenter gehalten.«

Obwohl ich die Masche eigentlich durchschaue, fange ich blöderweise an, mich zu rechtfertigen. »Meine Güte, unendlich viele Leute studieren nicht in ihrer Heimatstadt. Mein Vater war überhaupt und immer schon sehr streng, meinen Sie, das ist schön, so jemanden immer im Nacken zu haben?«

»Was genau meinen Sie mit streng?«, hakt Kuhlmann nach. »Und hängt das nicht vielleicht auch mit dem zusammen, was Sie mir letzte Stunde erzählt haben? Dass es mit diesem Andi nichts werden konnte?«

Was soll ich darauf sagen? Am besten wieder nichts. Aber mir fällt eine Geschichte ein, die ich von Oma kenne.

»Als Jugendlicher zum Beispiel hat mein Vater seinen beiden jüngeren Schwestern, die sich heimlich geschminkt hatten, das Make-up mit Spülmittel und Drahtbürste wieder abgewaschen. Meine Großeltern sind schon sehr konservativ und religiös gewesen, aber er hat da für sich noch einmal eine Schippe draufgepackt.«

Kuhlmann schiebt nur die Unterlippe vor und nickt. Ich weiß, er hätte lieber eine andere Geschichte gehört, aber er fragt nicht nach, und ich erzähle nichts mehr.

Aber als ich am Ende der Stunde schon im Gehen bin, gibt er mir wieder einen Knochen zu all dem Ungesagten mit auf den Weg. »Manchmal genügt es nicht, eine räumliche Distanz zwischen sich und gewisse Dinge zu legen. Weil die Dinge längst nicht mehr außen sind, sondern in einem selbst. Und da gibt es kein Entkommen.«

Ich schätze, er könnte wieder mal recht haben.

*

In den nächsten Tagen gehe ich Ben weiterhin aus dem Weg. Es ist mir einfach zu peinlich, wie ich mich angestellt habe. Aber jetzt sitze ich mit der *Smilla* in der einen und einem Milchreis für den nächsten Versuch in der anderen Hand in der Nachmittagssonne auf einer Bank in der Nähe des Hauses und warte darauf, dass er wiederkommt. Jemand hat erzählt, dass der Secondhandladen eine Bücherspende bekommen hat und man die Bücher kostenlos mitnehmen darf. Vorhin hat Ben sich dann unter Angabe genau dieses Ziels im Schwesternzimmer ausgetragen.

Ob ich es schaffe, mit ihm zu reden, ohne mich lächerlich zu machen? In der Angstgruppe haben wir den Vorfall inzwischen besprochen, und alle sind der Meinung, dass er sogar nützlich war. »Weil Sie nun wissen, dass Ihnen nichts passieren kann«, hat Lacklippe gesagt. Ihre Warze scheint geschrumpft zu sein, jedenfalls finde ich sie gar nicht mehr so fürchterlich.

Den Milchreis habe ich bis jetzt aber trotzdem nicht essen können, obwohl ich es ehrlich versucht und mehrfach dazu angesetzt habe.

Für die Wahrnehmungslenkung habe ich mir inzwischen als festen Anker ein inneres Bild gesucht, und das wenigstens klappt gut: den Sternenhimmel, wie ich ihn nachts am Strand auf der Stufenfahrt nach Italien gesehen habe. Unendlich weit, Sterne dicht an dicht, und das Wellenrauschen im Hintergrund. Hinter meiner Stirn wird es weit und kühl, immer wenn ich daran denke.

Dafür habe ich jetzt noch ein ganz anderes Problem. Ulla hat gemeint, Ben würde andauernd rüberschauen zu mir. Beim Essen, im Aufenthaltsraum, draußen. Immer. Ich bin mir nicht sicher, ob das Kribbeln, das ich bei ihren Worten im Bauch verspürt habe, angenehm oder unangenehm gewesen ist.

Aber jetzt sitze ich hier. Und da kommt Ben, zwei volle Plastiktüten an den Händen. Schnell stelle ich den Milchreis neben mich auf die Bank, nehme das Buch hoch und tue so, als wäre ich ganz ins Lesen vertieft. Er muss an mir vorbei, um ins Haus zu kommen.

»Hallo, Lea«, sagt er und bleibt tatsächlich stehen.

»Hallo.« Die Henkel der Plastiktüten sind in die Länge gezogen. Sie müssen ihm heftig ins Fleisch schneiden. »War wohl eine gute Ausbeute, was?«

Er nickt und schaut auf meinen immer noch ungegessenen, aber schon geöffneten Milchreis. »Geht's dir wieder besser? Probierst du's heute noch mal?«

»Ja und ja, oder sagen wir, Letzteres habe ich zumindest vor. Tut mir übrigens total leid, mein Auftritt letztens.« Das wäre geschafft. Jetzt muss schnell ein neues Thema her. Ich halte mein Buch hoch. »Guck mal, kennst du das? Mein liebstes.«

Ben stellt die Taschen ab und setzt sich neben mich. »Klar kenne ich das. ›Mir geht es mit der Einsamkeit wie anderen mit dem Segen der Kirche. Sie ist für mich ein Gnadenlicht.‹ Sehr sympathisch, die Smilla.«

Mir fällt die Kinnlade runter. Er hat soeben wörtlich zitiert. »Du kannst das doch nicht etwa auswendig?«

»Nee. Oder vielleicht doch. Was ich einmal gelesen habe, vergesse ich so leicht nicht. Aber ich merke mir besonders gut, was mir gefällt. Und Sachen, von denen ich denke, dass ich sie einmal brauchen kann.« Er lacht und sieht mich einen kurzen Moment an. »Jetzt weiß ich, wofür ich diese beiden Sätze gebraucht habe.«

Mir wird ganz schwummerig. Besser, noch einmal das Thema zu wechseln. Ich deute auf die beiden Tüten zu Bens Füßen.

»Jetzt hast du ja erst mal wieder neuen Lesestoff, der dürfte eine Weile vorhalten.«

»Ja, ein bisschen. Frau Weber kam mir übrigens keifend hinterhergelaufen und meinte, das wäre unverschämt von mir, so viele Bücher, und ich sollte die Hälfte wieder hergeben. Dabei hat sich doch sonst keiner dafür interessiert.«

Er sieht aus, als fühlte er sich trotzdem schuldig.

»Die spinnt ja wohl«, sage ich.

Ben greift in eine Tüte. »Ich könnte bei jedem einzelnen Buch ganz genau sagen, warum ich es genommen habe.«

Es ist ihm wichtig, das ist unübersehbar.

»Warum eigentlich nicht? Ich bleib eh noch ein Weilchen hier, also kannst du's mir ruhig erzählen.«

Er schaut mich an. »Okay. Du könntest ja deinen Milchreis dabei essen.«

Ts, mit so was habe ich nun nicht gerade gerechnet. »*Quid pro quo*, so Doktor-Lecter-mäßig, oder wie hast du dir das gedacht?«

Lächelnd setzt Ben sich neben mich. »Du wolltest es doch sowieso versuchen, oder nicht?«

Da kann ich leider nicht widersprechen. »In Ordnung, Doktor.« Ich lege *Smilla* zur Seite und nehme Becher und Löffel in die Hand. »Bereit?«, frage ich und bin gespannt, ob er auch diese Anspielung versteht.

»›Bereit, wenn Sie es sind, Sergeant Pembry.‹«

War ja klar. »Also los. Warum hast du das da genommen?«

Das Buch, das er aus der Tüte geholt hat, ist eine vergilbte Ausgabe von *Haben oder Sein.*

»Erich Fromm stellt darin Überlegungen an, wie wir die heutige Gesellschaft und unsere eigene Einstellung verändern könnten, um ein wirklich erfülltes Leben zu führen. Seine Sicht der Dinge ist denen von Thoreau und Emerson sehr ähnlich. Ich hatte dieses Buch schon einmal, aber es ... Ich habe es verloren.«

Verloren? Das dürfte so ziemlich das Schlimmste sein, was Ben passieren konnte. »Dann ist es ja gut, dass du jetzt ein anderes gefunden hast. Wer weiß, vielleicht ist es ja sogar dasselbe, das du verloren hast.«

Dazu sagt er nichts, holt stattdessen das nächste Buch aus der Tüte. Mir fällt auf, dass er mich gar nicht drängt, mal so langsam mit dem Essen anzufangen. Aber versprochen ist schließlich versprochen. Vorsichtig tauche ich den Löffel in den Milchreis.

»Das hier ist *Gilgi – eine von uns*, der erste Roman von Irmgard Keun. Eine unterschätzte Schriftstellerin der Weimarer Republik. An der Uni haben wir einen anderen Roman von ihr besprochen, aber den hier wollte ich auch unbedingt noch lesen.«

Ich nicke. Als Ben das Buch zur Seite legt und erneut in die Tüte greift, schiebe ich den Löffel rasch in meinen Mund. Kaue, schlucke. Alles okay, stelle ich erleichtert fest. Ben tut so, als würde er gar nichts mitkriegen, und das ist verdammt noch mal genau das Richtige, wie sich herausstellt. Er erzählt einfach weiter, erklärt Buch um Buch um Buch, und ich konzentriere mich auf seine Geschichten, so dass ich kaum bemerke, wie dabei auch Löffel um Löffel um Löffel in meinem Mund verschwindet.

So lange, bis nur noch ein völlig blanker Plastikbecher übrig bleibt.

Abends bekomme ich eine Zimmergenossin. Sie räumt gerade ihre Sachen in den Schrank, als ich hereinkomme. Ich hoffe, der Schreck, der mich durchfährt, als sie hinter der Schranktür hervorkommt, ist mir nicht allzu deutlich anzusehen. Mit tonloser Stimme stellt sie sich vor. Kaum traue ich mich, die Hand, die sie mir hinhält, zu nehmen. Geschweige denn, sie zu drücken. Tanja wiegt bestimmt noch mindestens zehn Kilo weniger als ich. Ihre Arme und Beine sind Stöcke in viel zu weiter Kleidung, das Gesicht ein knapp mit Haut überspannter Schädel, das Haar dünn und strohig. Kaum zu glauben, dass sie sich überhaupt noch aufrecht halten kann.

»Herzlich willkommen hier, du wirst dich bestimmt wohlfühlen!«, bringe ich endlich heraus.

Als wollte sie meine Gedanken bestätigen, sinkt Tanja jetzt erschöpft auf dem Bett in sich zusammen. In Embryonalstellung schlägt sie die Hände vors Gesicht und beginnt zu weinen. Hilflos stehe ich eine unendlich erscheinende Weile herum und widerstehe dem Impuls wegzulaufen. Ich überwinde mich und setze mich zu ihr ans Bett, streiche ihr tröstend über das Haar und über die Knochenlandschaft ihrer Schultern.

»Es ist alles so schrecklich!«, schluchzt sie. Tanjas Haut strahlt durch ihr Shirt hindurch eine unglaubliche Hitze aus. Da ist noch jede Menge Leben in ihr.

»Ja, es ist schrecklich«, sage ich, weil ich weiß, dass Leugnen keinen Sinn hat, »aber es kann besser werden.« Daraufhin weint sie noch lauter, ein paar Minuten später aber hat sie sich schon fast beruhigt, leises Schnüffeln wird nur noch durch einzelne Schluchzer unterbrochen. Wie leicht es doch in Wahrheit ist, jemandem ein bisschen Trost zu spenden. Man muss nicht viel mehr tun als da sein.

Ich strecke mich nach den Taschentüchern aus, die sie wohl schon vorsorglich auf dem Nachttisch platziert hat, und halte ihr eines hin. Sie nimmt es und setzt sich auf. Als sie laut hineintrötet, treffen sich unsere Blicke, und sie fängt an zu kichern. Erleichtert stimme ich ein. Zwei weitere Taschentücher später ist Tanja auch wieder in der Lage zu sprechen.

»Danke.« Sie greift nach einer meiner Haarsträhnen, dreht sie um den Finger. »Du hast so schöne Haare«, sagt sie und mustert mich dann eingehend von oben bis unten. »Und du bist so schön schlank!«

Ich kann darauf nichts sagen. Nur auf ihre Wangenknochen starren, die aussehen, als würde man sich an ihnen schneiden, wenn man sie berührt.

Am nächsten Tag haben wir einen weiteren Neuzugang auf der Station. Eine alle Nuancen des Farbkreises in sich vereinende Papageiendame. Laut krächzend rauscht sie, von flatternder Baumwolle umweht, durch die Tür, am Arm eine riesige altmodische Stofftasche mit runden Holzhenkeln, die fast so groß ist wie sie selbst. Im Schlepptau hat sie einen kordbraunen Mann, der erfolglos das Gewicht des Koffers, den er in der einen Hand trägt, mit dem der Leinwand in der anderen auszubalancieren versucht.

Ulla und ich sind gerade auf dem Weg zum Mittagessen, aber jetzt bleiben wir stehen und sehen zu, wie der Papagei mit der flachen Hand an das Glas des gerade nicht besetzten

Schwesternaquariums schlägt und »Moin, Kinners, ich bin da!« ruft.

»Die kenne ich«, zischt Ulla mir zu, »das ist die Anna. Die war vor einem Jahr, als ich schon mal hier war, auch da.«

»Ach ja?« Bislang wusste ich gar nicht, dass Ulla eine Wiederholungstäterin ist.

»Ja. Sie ist fast siebzig, bipolar, war oder ist Malerin und war auch mit einem mittlerweile verstorbenen Künstler verheiratet. Der Typ ist ihr Vormund, der war letztes Mal auch schon dabei.«

Ich muss lachen. »Dafür, dass er ihr Vormund sein soll, hat sie ihn aber ganz schön an der Kandare.«

Inzwischen ist eine der Schwestern aus ihrem Schutzraum gekommen und wird von Anna wie eine lang verschollene Verwandte umarmt.

Wir reißen uns von der Szenerie los und gehen weiter in den Speiseraum. Heute gibt es Frikadellen mit Kohlrabi und Kartoffelpüree, und ich habe mir, beflügelt von dem Milchreiserfolg, einiges vorgenommen. Bevor ich mich entscheiden kann, womit ich am besten anfange, kommt Ismail herein. Mit verquollen-verheultem Gesicht setzt er sich zu uns an den Tisch.

»Liebe Zeit, was ist denn los?«, fragt Ulla besorgt.

»Dieser blöde Kuhlmann, dieser blöde«, kommt es erstickt aus Ismails Mund. Er kämpft schon wieder mit den Tränen und verbirgt rasch das Gesicht in den Händen.

»Was hat er denn gemacht, unser Top-Therapeut?«, mische ich mich ein. Ich bin gespannt.

»Er hat gefragt, wie lange ich mich in meinen Röcken denn noch auf dem Zimmer rumdrücken will. Um das gleiche Spiel wie zu Hause zu spielen, hätte ich schließlich nicht herkommen müssen. Und auch wenn ich eine Frau sein wolle, müsse ich mal meinen Mann stehen und in die Offensive gehen, aber das könnte ich wohl nicht!« Kurz nimmt Ismail die Hände vom Gesicht und ballt sie zu Fäusten. In seinen Augen funkelt Zorn. »Könnt ihr euch das vorstellen? So was Gemeines! So ein Mistkerl!« Zack, geht der Händevorhang wieder zu.

»Das ist wirklich fies«, pflichtet Ulla ihm bei.

Ich bemühe mich sehr, das Schmunzeln zu unterdrücken, das in mir hochsteigen will, und nicke einfach nur. Der Kuhlmann ist schon ein schlaues Kerlchen. Hat den wahrscheinlich sanftesten Menschen auf der Welt dazu gebracht, einmal nicht Tränen der Angst oder Scham zu weinen, sondern welche der Wut. Und *Mistkerl* ist wahrscheinlich der gröbste Kraftausdruck, den man Ismails Mund je entlocken könnte.

»Ich finde, du solltest ihm zeigen, dass er unrecht hat. Auf der Station wissen doch eh alle Bescheid, es wird keiner blöd gucken, wenn du als Hülya auftauchst.«

»Sehr richtig«, meint Ulla. »Wir bleiben auch gern bei dir, wenn du das möchtest.«

»Meint ihr?« Ismail sieht gar nicht so unsicher aus, wie er sich anhört. Fast scheint es, als hätte er auf diesen Vorschlag nur gewartet. »Also gut, ich probiere es später.«

»Prima«, sagt Ulla und sticht mit der Gabel in ihre Frikadelle. »Aber jetzt lasst uns erst mal essen, bevor es ganz kalt ist.«

Ach ja, meine Challenge hätte ich beinahe vergessen. Ich starre auf den Teller. Das Kartoffelpüree ist wirklich so breiig, dass man es durch eine Schnabeltasse schlürfen könnte, also beginne ich damit. Vorsichtig zerreibe ich den

Bissen zwischen Zunge und Gaumen, um eventuelle Stückchen doch noch aufzuspüren. Nichts. Der sahnige Kartoffelgeschmack ist köstlich.

Dann teile ich mit der Gabel ein Stück von der Frikadelle ab. Das Gemisch aus Hack und Brötchen wirkt einheitlich, nur ab und zu unterbrochen von einem Stück Zwiebel. Ich probiere es.

Kaue. Kaue. Mein Magen knurrt, zieht sich begehrlich zusammen, und jede einzelne Zelle meines Körpers macht anscheinend mit. Fleisch haben sie alle schon lange nicht mehr bekommen. Dieser Teil von mir würde den Rest am liebsten in einem Stück inhalieren.

Bei dem Gedanken zieht sich aber auch meine Speiseröhre wieder etwas zusammen, und nach dem dritten Bissen höre ich lieber auf. Den Kohlrabi probiere ich nicht mehr, bestimmt sind da holzig-faserige Stücke dabei. Den Nervenkitzel brauche ich jetzt nicht. Lieber freue ich mich ein wenig über das, was heute runterging. Ist schon erstaunlich. Eigentlich hätte ich gedacht, wenn ich in der Therapie anfange aufzumachen, würde mein Hals erst recht zumachen. So kann man sich irren.

Meine Zimmergenossin Tanja ist in der Nacht offenbar gegen einen Klon ausgewechselt worden, der bis auf das Aussehen nichts mit ihr gemeinsam hat. Den ganzen Tag schon hüpft sie als selbstbewusster und fröhlicher Flummi über die Station und knüpft, auf mich ein wenig aufdringlich wirkend, Kontakte. Gut, vielleicht bin ich auch nur neidisch, weil ich selbst in dieser Beziehung alles andere als offensiv bin. Ziemlich unbegabt sogar. Ist doch schön, wenn sie nicht mehr so traurig ist.

Am Nachmittag, ich habe es mir gerade ein bisschen auf meinem Bett gemütlich gemacht, kommt Tanja wieder ins Zimmer geklappert.

»Na, was machst du?«, fragt sie mich.

»Nichts«, antworte ich.

»Hm.«

Sie setzt sich an den Tisch und schaut mir ein wenig beim Nichtstun zu. Anscheinend macht sie das nervös, denn erst fängt ihr eines Bein an zu wippen, dann fällt das andere ein. Plötzlich gleitet sie wie eine Schlange vom Stuhl und liegt auf dem Boden.

»Ich mach mal ein paar Sit-ups. Will ein Sixpack haben.«

Und dann legt sie los. Ich kann kaum hingucken, weil ich Angst habe, dass sie durchbricht. Vielleicht sollte ich ihr sagen, dass Muskelaufbau ohne Nahrungsaufnahme ein Ding der Unmöglichkeit ist. Aber wahrscheinlich weiß sie das selbst, und es geht in Wahrheit nur darum, Kalorien zu verbrennen. Also halte ich den Mund und zähle stattdessen mit.

Bei achtunddreißig setzt Tanja sich wieder auf.

»Ich hab ’ne Idee. Hier kenn ich ja schon alle, aber ich könnte mal nach oben gehen, gucken, wer auf den anderen Stationen so rumläuft. Kommst du mit?«

Tanja auf ihrer Erkundungstour zu begleiten wäre jetzt so ziemlich das Letzte, wozu ich Lust hätte. Glücklicherweise habe ich eine hervorragende Ausrede in petto.

»Nee du, nach dem Ausruhen muss ich mich gleich unbedingt ein bisschen in meine Forschungsliteratur vertiefen, ich sollte schauen, dass ich da so langsam mal vorankomme«, sage ich also.

Tanja wirkt leicht beleidigt.

»Na, dann eben nicht. Ich habe jedenfalls nicht vor, auf dem Zimmer zu versauern.«

Sie steht auf und schwankt kurz wie ein Betrunkener, aber natürlich ist es nicht Alkohol, der sie taumeln lässt, sondern das große Loch aus Nichts, das in ihr ist. Dann fällt die Tür hinter ihr zu, und ich überlege, dass das mit der Literatur gar keine Ausrede gewesen ist, sondern eine tatsächliche Notwendigkeit. Während ich noch überlege, womit ich anfangen soll, döse ich ein.

Mein Nickerchen war nur ein kurzes Powernapping, nach zwanzig Minuten bin ich von selbst wach geworden und dem Ruf meiner Unterlagen doch noch gefolgt. Zwei Stunden später schaut mein Gewissen beruhigt auf mehrere Seiten mit Notizen. Mit dem guten Gefühl, eine Barriere durchbrochen zu haben, klappe ich den Ordner zu. Gleich gibt es Abendessen, ich will mir noch kurz die Beine vertreten und frische Luft schnappen.

Ich habe Ben heute noch gar nicht gesehen. Schon längst wollte ich ihn nach der Schildkrötengeschichte fragen, die neulich beim Escherpuzzle anklang, und ihm von meinen beiden erzählen. Ob mich die Panzertiere wohl vermissen? Schließlich waren wir doch jahrelang ein gutes Trio. Natürlich ist das eher unwahrscheinlich, weiß ich ja. Umgekehrt passt es schon eher.

Auf dem Weg nach draußen sehe ich die alte Künstlerin bei Ismail, den gestern doch wieder der Mut verlassen hat, in der Tür stehen und wild gestikulieren. Sie ist Privatpatientin und hat das andere Einzelzimmer gegenüber von unserer Dschinnie bekommen. Was die beiden wohl zu bereden haben?

Ich komme nicht dazu, die verschiedenen Möglichkeiten durchzugehen, denn draußen verschlägt es mir alle weiteren Gedanken. Tanja steht an den Baum gelehnt, an dem auch Ben letztens stand, als ich mit Ulla zum Secondhandladen gegangen bin. Aber sie steht da nicht allein, sondern mit einem Mitpatienten. Und sie stehen da nicht nur. Sie knutschen.

Ich bin baff. Der Typ muss von einer anderen Station sein, ich kann mich nicht erinnern, ihm bisher über den Weg gelaufen zu sein. Die beiden kennen sich doch bestenfalls ein paar Stunden, wie können sie da schon rummachen?

Ich muss an die einzige Oberstufenparty denken, auf der ich, abgesehen von der Abschlussfeier, gewesen bin. Das eine, was ich nicht nachvollziehen konnte, war, wie sich einige in kürzester Zeit so besaufen konnten, dass sie für den Rest der Party mit vollgekotztem Shirt und praktisch besinnungslos in einer Ecke lagen. So ein Kontrollverlust ist doch der totale Horror.

Die andere Sache betrifft die ganz normal Angeschickerten. An jeder Ecke knutschende Pärchen, dass ich gar nicht wusste, wo ich hingucken sollte. Vor allem fanden sich da Leute zusammen, die sich im Schulalltag nicht eines Blickes gewürdigt hatten. Ich dachte, ich sehe nicht richtig, als Etepetete-Ella dem Klassenclown, den alle nur eklig fanden, die Zunge in den Hals steckte. Es war ja nicht mal so, dass sie sich wirklich gefunden hätten und von da an zusammen gewesen wären, nein, am nächsten Tag taten sie, als wäre nichts gewesen. Es ging bloß ums Rummachen.

Hab ich noch nie kapiert. Ohne Gefühle, das könnte ich nicht. Nicht, dass ich's überhaupt könnte, aber so schon gar nicht.

Als Tanja kurz Luft holen muss, sieht sie mich. Ich winke ihr zu und mache rasch kehrt, um wieder reinzugehen.

Ich bin nicht schnell genug, die beiden holen mich ein, bevor ich an der Tür bin.

»Hey, Lea«, sagt Tanja, »das ist Gernot, mein Freund von Station 8.«

»Hallo, Gernot«, sage ich.

Tanjas neuer Freund kommt nicht dazu, den Gruß zu erwidern, denn jetzt drückt sie ihm den Abschiedskuss auf, weil sie sich zum Essen ja trennen müssen. Die Armen.

»Du, der hat mich voll gern«, sagt Tanja, als wir endlich reingehen.

Ich tue verwundert. »Ach, sag bloß? Da wäre ich ja gar nicht drauf gekommen.«

Tanja versteht die Ironie nicht und setzt doch tatsächlich zu umständlichen Erklärungen an.

»Doch, doch, als ich auf seine Station ging, da kam er gleich auf mich zu und hat mich so angeguckt und meinte, wer bist'n du, und ...«

»Stopp«, unterbreche ich sie, als ginge es um Wahrnehmungslenkung. »Das war doch nur Spaß. War doch nicht zu übersehen, dass der dich gern hat.«

Da ist sie zufrieden.

Einzeltherapie, Sitzung fünf

»Freut mich für Sie, dass es mit dem Essen jetzt schon ein wenig besser klappt«, sagt Kuhlmann. »Wir sind jetzt auf einem guten Weg, weil wir gemeinsam herausgefunden haben, dass Ihre Problematik nicht wirklich durch den Lernstress hervorgerufen wurde, sondern dieser nur ein zusätzlicher Verstärker war für das, was darunterliegt. Also für das, was durch Andi wieder akut geworden ist.«

Vorausschauend beginne ich mich schon mal in meinem Stuhl zu winden, weil ich ahne, was als Nächstes kommt.

»Warum war Ihnen von Anfang an klar, dass Sie keine Beziehung mit Andi würden eingehen können, obwohl Sie ihn doch eigentlich gern mochten?«

Nach einigem Hadern fange ich schließlich an zu erzählen. Von den Jungen, in die ich früher so verliebt war. Und wie sich stets etwas gefunden hatte, weswegen ich mich dann doch wieder entlieben musste, sobald ich sie näher kennenlernte und nicht mehr aus der Ferne schwärmte.

»Es gab immer einen Grund, warum ein Junge nicht *der Richtige* war. Weil er die falschen Bücher las oder gar keine, falsch roch, einen seltsamen Daumen oder komische Angewohnheiten hatte. Dinge, an denen ich gemerkt habe, dass ich in Wahrheit doch nicht verliebt war.« Eigentlich doch irgendwie witzig, das alles. Ha, ha. Dafür schmeckt es aber ziemlich bitter beim Erzählen. Erst jetzt wird mir klar, dass es für mich immer ganz normal gewesen ist, allein zu sein. Dass ich mich nur dann am besten gefühlt habe und dachte, es ist schon gut so. Und dass gerade das doch überhaupt nicht normal ist. Meine Augen fangen an zu kribbeln. Ich will nicht weinen. Rasch beiße ich mir auf die Innenseiten meiner Wangen. Ein alter Trick. Er funktioniert immer noch.

»Sie mussten diese Gründe finden, weil Sie sich eine Beziehung nicht erlauben konnten«, sagt Kuhlmann. »Und nun wird es spannend, denn wir müssen schauen, warum das so ist. Sie haben Ihren Vater in der letzten Sitzung nicht zufällig erwähnt. Zufälle gibt es nämlich nicht.«

»Sie sollten sich mit Ulla zusammentun«, sage ich, immer noch den bitteren Geschmack im Mund. Spannend oder nicht, für mich jedenfalls ist an dieser Stelle erst einmal Schluss. Genug für heute. Aber der Kauknochen muss natürlich noch.

»Ist Ihnen eigentlich aufgefallen, wie distanziert Sie über sich und Ihre Erlebnisse sprechen? Sie müssen das alles näher an sich heranlassen, die Distanz aufgeben.«

Eines steht fest: Wenn es für Kuhlmann jetzt spannend wird, dann wird es die kommenden Male für mich wohl richtig hart.

DREI

REPARATURPROGRAMM

Lady Angst bittet zum Tanz
Ich nehm' die Beine in die Hand
Ich sing' nie mehr die alten Lieder
Und ich brenne den Tanzsaal nieder

(von Brücken, LADY ANGST)

Langsam zurück auf Los. Schritt fünf.

Ein heftiger Windstoß kühlt deine Wangen, als du aus der Turnhalle kommst. Vor ein paar Wochen hast du dich mit einer Kommilitonin zum Zumba-Kurs angemeldet. Neuer Fitnesskram, ursprünglich aus Kolumbien, auf den die USA nur gewartet haben und der jetzt auch in Deutschland offensichtlich einschlägt wie eine Bombe. Zumba ist eine Mischung aus Aerobic und Tanz, bei der es ziemlich zur Sache geht und mit der du inoffiziell deine eigentlich nicht vorhandene extravertierte Seite stärken willst. Man darf nicht immer nur das tun, was einem liegt, wenn man sich weiterentwickeln will, schreibt Psychologie heute. *Offiziell geht es natürlich bloß um Fitness, Körperstraffung und -formung.*

Deine Bekannte scheint schon straff genug zu sein, sie ist heute wieder nicht da gewesen, schon zum zweiten Mal. Allerdings war sie auch nicht in der Einführung in die Volkswirtschaftslehre, der Veranstaltung, nach der ihr immer gemeinsam zum Kurs geht, denn die Turnhalle ist gleich um die Ecke. Vielleicht hat sie also bloß keine Lust mehr. Auf den Kurs und auf das Studium. Was Letzteres angeht, hattest du noch nie Lust darauf, aber noch hält dich das Pflichtgefühl.

Wenn man die Halle verlässt, kommt man nur über den Parkplatz zur Straße. Dort steht, mit hochgeklappter Motorhaube, ein Auto genau am Ausgang. Das Gesicht, das hinter der Mo-

torhaube hervorlugt, kennst du. Dein Herz macht einen kleinen Sprung.

»Ach, hallo, Lea, kommst du grad von der Gymnastik, na, das ist ja ein Zufall!«

»Ja«, sagst du. »Was ist denn los? Hattest du 'ne Panne?«

»Och, der Wagen spinnt ein bisschen, war erst vor kurzem in der Werkstatt. Hat angefangen zu stottern, deshalb hab ich hier angehalten. Geht jetzt aber wieder. Soll ich dich nach Hause fahren?«

Ziemlich unwahrscheinlich, dass man einen stotternden Wagen bis zum Halleneingang fährt und der Wagen dann ganz plötzlich wieder läuft, ohne dass man das durch Anlassen getestet hätte!

Dir ist allerdings schon aufgefallen, dass Patrick dich anscheinend auch mag. Er hat dich mal angerempelt, als er aus dem Hörsaal kam und du gerade reinwolltest. Seitdem setzt er sich öfter neben dich, und ihr unterhaltet euch ein bisschen. Dabei hast du ihm auch erzählt, dass du einmal in der Woche zu diesem Kurs gehst. Er fand das gut.

»Find ich gut, wenn man was für seinen Körper tut«, hat er gesagt.

Jetzt ist er also hier, und du fühlst dich schon ein wenig geschmeichelt. Dass er sich so eine Geschichte ausdenkt, für dich.

Du lässt dir nichts anmerken und sagst: »Die Haltestelle ist doch gleich da vorn, und sowieso hab ich's nicht weit bis nach Hause, aber okay.«

Es ist wirklich nicht weit, und schon bald steht ihr vor deiner Haustür.

»Du, was hältst du davon, wenn wir noch weggehen, was trinken oder so?«, fragt Patrick, als du schon den Schlüssel in der Tür stecken hast.

Du drehst dich zu ihm um. Du wirst den Teufel tun und ihm sagen, dass du nicht wüsstest, wie du das deinem Vater erklären sollst. Zum Glück hast du schon eine Ausrede parat.

»Nee, ich muss jetzt direkt noch mit dem Hund raus. Ein anderes Mal vielleicht.«

Patrick hat nicht vor, sich so leicht abschütteln zu lassen. »Na gut, dann warte ich einfach hier unten, und dann gehen wir zusammen eine Runde mit deinem Hund.«

In deinem Magen schlagen Glühwürmchen Funken, nach außen bleibst du ungerührt. Aber du magst ihn. »Von mir aus«, sagst du und gehst ins Haus.

Als du mit dem Hund wiederkommst, ist er tatsächlich noch da, aber deine doch recht kalte Außenschulter hat ihn verunsichert.

»Oder macht es dir was aus?«

»Ach Quatsch«, sagst du, und ihr geht los, zuerst auf die nahe Hundewiese, dann noch in den kleinen Park.

Es ist schön, sich mit Patrick zu unterhalten. Er interessiert sich für dich, stellt Fragen nach dem Studium und dem Hund. Erzählt von der Katze, die er von klein auf hat, und vom Fußball.

Der Funkenschlag in deinem Bauch hält an. Gleich wird er sicher Annäherungsversuche machen. Selbst wenn er sich vorerst noch zurückhält, soll dies hier doch bestimmt der erste Schritt dazu sein. Als Mann macht man so etwas doch nicht ohne Grund.

Sollst du es wagen, dich darauf einzulassen? Vielleicht kann es ja doch etwas werden. Vielleicht läuft es diesmal anders.

Auf dem Rückweg, als ihr schon fast wieder bei dir zu Hause angekommen seid, fragt Patrick: »Und, war das jetzt schlimm, dass ich mitgekommen bin?«

Du hast eine Entscheidung getroffen. Bei deiner Antwort schaust du ihm direkt in die Augen.

»Na ja, es gibt Schlimmeres.«

Ismail ist enorm begeistert von Anna. Wie Ulla mich, so hat sie ihn anscheinend unter ihre Fittiche genommen und bestärkt ihn darin, seine Frauenklamotten endlich ständig zu tragen. Irgendwie scheint sie überzeugender als wir zu sein und sogar überzeugender als Kuhlmann, denn nun soll es tatsächlich wahr werden.

»Und den Schlachtplan wollen wir mit euch beiden ausarbeiten. Kommt ihr mit auf Annas Zimmer?«

Ismails Gesicht ist fleckig vor Aufregung. Ulla und ich haben es uns gerade auf dem Sofa des Aufenthaltsraums gemütlich gemacht, mit frischem Kaffee und etwas zu lesen. Eine *Frau im Spiegel* für Ulla und eine Studie zur Inklusion für mich, wobei ich bezweifle, dass es heute mit meiner Konzentration weit her sein wird. Irgendwie fühle ich mich komisch.

»Klar kommen wir mit«, meint Ulla. »Das wird Lea bestimmt besser von ihren Sorgen ablenken als Lesen.«

»Hm?«

Ich bin überrascht und habe keine Ahnung, was Ulla meinen könnte.

»Na, du machst dir doch sicher Gedanken wegen Ben?«

Huch. Ich glaube, da hat sie mich kalt erwischt. Ben geht

es offenbar nicht gut, seit zwei Tagen hat er sein Zimmer nicht mehr verlassen und darf sein Essen ausnahmsweise dort zu sich nehmen. Ich wollte ihn einmal besuchen, aber auf mein Klopfen kam nur ein »Bitte nicht«.

Aus seinem Zimmergenossen war auch nichts herauszukriegen, er meinte nur, Ben bräuchte Ruhe und Zeit für sich. Er selbst meidet das Zimmer tagsüber auch, so gut es geht.

Bis auf seinen Sammeltick weiß ich eigentlich noch nicht wirklich etwas von Ben. Wir fragen uns hier nicht aus, wenn einer nicht selbst den Anfang macht, das ist so eine Art ungeschriebenes Gesetz und der Therapie vorbehalten. Und angefangen hat Ben nicht.

Vielleicht fühle ich mich wirklich deshalb komisch. Weil ich nicht weiß, was mit ihm los ist.

»Ach, der wird schon wieder«, sage ich zu Ulla.

Sie sieht mich schief an, sagt aber nichts. Rasch stehe ich auf.

»Also los, dann lasst uns Anna besuchen und alles besprechen. Ich bin gespannt auf sie, wir hatten ja noch nicht viel mit ihr zu tun.«

Gesagt, getan.

Schwungvoll reißt Anna die Tür auf, als wir klopfen. Man könnte fast sagen, sie ist heute dezent gekleidet, weil das Wallegewand, das sie trägt, nicht bunt, sondern einfarbig ist. Die Tatsache, dass es neonpink ist, relativiert das allerdings ziemlich.

»Kinners, wie schön, dass ihr da seid!«

Nacheinander werden wir alle umarmt.

»Und schön, dass ihr auch unserem Schmetterling hier helfen wollt, aus seinem Kokon zu schlüpfen. Wird aber auch Zeit!«

Und zack, landet ein Schmatzer auf Ismails Wange.

Das Zimmer hat Anna, um es euphemistisch auszudrücken, recht individuell eingerichtet. An den Wänden hängen diverse in allen Farben leuchtende Tücher und außerdem die Leinwand, die ihr Lakai ihr beim Einzug hinterhergetragen hat. Seltsamerweise ist sie nicht bunt, sondern zeigt abstrakte graue Formen auf sandfarbenem Untergrund.

Über Fensterbank und Bettrahmen rankt sich künstlicher Efeu, von der Liegefläche des Bettes ist so gut wie nichts zu sehen, weil, wie es aussieht, ihre sämtlichen Kleidungsstücke darauf verteilt sind.

»Aber nu setzt euch doch, meine Lieben!«, reißt mich Anna aus der kontemplativen Betrachtung ihres Reichs.

Am Fenster steht ein runder Tisch mit vier Stühlen, als hätte er ewig auf uns gewartet. Darauf sitzt, an eine leere Blumenvase gelehnt, ein missmutig aussehender ausgestopfter Papagei. Wahrscheinlich sauer wegen der Warterei.

Wir machen uns also daran, uns zu setzen. Ich schwebe mit dem Hintern ungefähr zwanzig Zentimeter über der Sitzfläche meines Stuhls, da ruft Anna plötzlich im Kasernenton: »Halt!«

Ich erstarre kurz, dann lässt mich der Schreck doch noch auf den Stuhl plumpsen.

»Was ist denn?«, fragt Ismail, gleich wieder ängstlich.

Anna hat beide Hände an den Wangen.

»So ein Schiet, du, ich hab das Teewasser vergessen!« Sie kramt neben ihrem Bett und zieht eine Thermoskanne hervor. »Sei doch so gut und hol uns heißes Wasser aus der Küche, min Deern.«

»Klar, kein Problem.«

Ismail verschwindet, Ulla beißt sich auf die Lippen und

guckt mich komisch an, während Anna anfängt, geschäftig in ihrer Henkeltasche zu wühlen. Nach und nach holt sie in Zeitungspapier gewickelte Gegenstände heraus.

»Packt das mal aus!«, befiehlt sie, den Kopf immer noch halb in der Tasche.

Wir gehorchen.

Zum Vorschein kommen vier uralte elegante Chippendale-Porzellansammeltassen mit verschiedenen Blumenmustern samt passenden Untersetzern.

»Die haben Sie extra hier mit hergebracht?«, frage ich erstaunt.

Ich bin mir sicher, Ben würde das gefallen. Ich muss ihm davon erzählen, wenn es ihm wieder bessergeht.

»Natürlich!«, sagt Anna und scheint entrüstet angesichts meines Erstaunens zu sein. »Der Tee schmeckt doch aus diesen lieblosen Pötten nicht! Und sag du, bitte, ja?«

Es wundert mich fast nicht mehr, als sie noch eine kleine Kanne samt Stövchen und ein Zuckertöpfchen mit Kluntjes hervorkramt, sorgsam mit Tesafilm verschlossen. Auch an ein Teelicht hat sie gedacht. Und an den Tee natürlich.

»So schönes Porzellan«, haucht Ulla andächtig.

»Noch von meiner Mutter, Gott hab sie selig.«

Anna setzt sich zu uns an den Tisch, und wie aufs Stichwort kommt Ismail mit der Thermoskanne zurück.

Rasch schüttet Anna das Wasser in die Porzellankanne und verbannt das hässliche Silberding dann sofort wieder neben das Bett. Aus dem Einsatz beginnt es herrlich nach Kräutertee zu duften.

Nachdem wir uns eingeschenkt haben, holt Anna tief Luft und hält eine Ansprache.

»So, Kinners, Folgendes ist der Plan. Morgen treffen wir

uns alle am Nachmittag bei unserem lieben Schmetterling, der sich noch keiner zu werden getraut hat, aber nichtsdestoweniger einer ist, auf dem Zimmer. Dort werden wir Ismail dankend verabschieden und Hülya helfen, aus dem Kokon zu kommen. Hat lange genug da festgesessen, das arme Ding.«

Sie streicht Ismail über den Arm und zieht ihn dann an sich. Seine Lippen beben.

»Dann machen wir sie zurecht und begleiten sie auf dem ersten Spazierflug, falls die Flügel zwischendurch vielleicht versagen. Ab dann gibt es nur noch Hülya für uns.«

Zack, wieder landet ein Schmatzer auf Ismails Wange.

»Denn du *bist* Hülya, oder etwa nicht, min Deern?«

»Ja«, sagt Ismail mit erstickter Stimme.

»Darauf ein Prosit.«

Einen Moment lang denke ich, jetzt holt Anna noch eine Flasche Sekt und passende Flöten aus ihrer Tasche, aber sie hebt zum Toast nur ihre Teetasse.

Wir drei anderen machen es ihr nach.

»Auf Hülyas Wohl«, sagt Ulla.

»Danke euch«, seufzt Ismail.

Dann ergreift Anna wieder das Wort und gibt es für längere Zeit nicht mehr ab. Sie erzählt von der alten Villa, in der sie wohnt und wo wir alle sie nach der Klinik besuchen sollen, sie erzählt von den Bildern, die sie malt, ihrem verstorbenen Mann, von den berühmten Künstlern, die sie alle schon kennengelernt hat, ihren Katzen und von anderen Schützlingen, denen sie schon auf den Weg geholfen hat. Alles ein wenig durcheinander, manchmal auch ziemlich wirr.

Aber ich bin froh, dass wir hergekommen sind.

Am nächsten Tag in der Angstgruppe ist Tanja dran, von sich zu erzählen.

Wie schon beim Kennenlernen der Mitpatienten erweist sie sich nicht gerade als Versinnbildlichung vornehmer Zurückhaltung. Sie erzählt frei heraus und offensiv. Wie zufällig schiebt sie während ihres Berichts die Ärmel ihres Langarmshirts hoch. Ein Muster aus parallelen weißen Linien zieht sich bis zu den Oberarmen hoch. Auf dem linken sind die Narben nicht so exakt angeordnet und außerdem etwas dünner. Etwas, das mir bisher gar nicht aufgefallen ist, habe ich heute also schon über Tanja gelernt: Sie ist Linkshänderin.

Es stellt sich heraus, dass die Magersucht nicht ihr Hauptproblem ist. Ihr Ringen um Perfektion ist der Angst geschuldet, nicht zu genügen und abgelehnt zu werden.

»Ihr kennt doch sicher alle Lassie«, wirft sie plötzlich zusammenhanglos ein, und auf unser aller Stirnen ploppen Fragezeichen auf, sogar auf Frau Schmittkes.

»Na, der Hund, der diesem armen Jungen gehörte und den die Familie aus Geldnot verkauft. Aber Lassie bricht immer wieder aus dem Zwinger aus und kommt zurück. Der neue Besitzer zieht dann weit mit ihr weg, aber sie läuft fort und macht sich auf den langen Weg nach Hause. Ihr bluten die Pfoten, sie hungert und durstet, aber sie rennt immer weiter. Dann wird sie auch noch angeschossen, aber von einer Bäuerin und ihrem Mann liebevoll aufgepäppelt. Schweren Herzens lassen sie sie laufen, als sie merken, dass es den Hund woanders hinzieht.«

Tanja macht eine Pause, damit Frau Schmittke ihren Einsatz nicht verpasst und sie danach mit der Auflösung trumpfen kann.

»Frau Richter«, kommt es dann auch schon von der Therapeutin, »mögen Sie uns einmal erläutern, welche Parallele diese Geschichte zu Ihrem Leben hat?«

Tanja lächelt und setzt sich etwas gerader hin.

»Na, ich war früher Lassie. Oder besser gesagt, ich wollte gern Lassie sein. Mit fünf bin ich in der Wohnung eigentlich immer auf allen vieren unterwegs gewesen und habe mir vorgestellt, dieser Hund zu sein. In meinem Zimmer habe ich Hindernisse aus Kissen und Büchern aufgebaut, bin bis zur Erschöpfung immer im Kreis herumgerannt, habe mir vorgestellt, durch Dornen zu laufen und nicht mehr zu können.«

Ich schaue zum Heimpinkler, denn wenn ihm jetzt keine seiner Bemerkungen entgleiten sollte, wann denn wohl dann? Erstaunlicherweise sieht er absolut ungerührt aus. Er nimmt es völlig gelassen. Zeichen im Sinne von Wunder oder nur Zeichen, dass mit ihm auf jeden Fall ganz gewaltig etwas nicht stimmt?

»Was hat Ihnen an dieser Vorstellung so gefallen, Frau Richter?«, will Frau Schmittke jetzt wissen.

Tanja lässt sich nicht lange bitten.

»Der schönste Teil kam dann ja erst noch, nämlich der, in dem ich mich auf eine Decke vor die Heizung gelegt und mir vorgestellt habe, wie ich von diesem Bauernpaar gepflegt werde. Ich hatte noch so eine alte Nuckelflasche, in die habe ich mir Saft oder Kakao gefüllt und sie dann ausgetrunken. Heimlich habe ich das noch gemacht, bis ich zwölf war. Dann kam die Magersucht.«

Einen Moment lang frage ich mich, ob Tanja sich das alles nur ausgedacht hat. Ich meine, das ist doch wohl ein bisschen *zu* schräg.

Frau Schmittke allerdings scheint nicht an ihren Worten zu zweifeln, jedenfalls fragt sie weiter.

»Was haben Ihnen diese Vorstellungen und diese Handlungen gegeben?«

Tanja rollt ihre Ärmel wieder herunter.

»Ist doch wohl klar! Lassie war einfach nur ein Hund, sie musste nichts leisten, nur da sein und verletzlich sein, und schon wurde sie gestreichelt und geherzt, geliebt eben, und man hat sich um sie gekümmert. Die Leute haben sie einfach geliebt, so wie sie war, sogar dann, als sie merkten, dass sie nicht bei ihnen bleiben wollte.«

Frau Schmittke nickt. »Vielen Dank, Frau Richter. Ich glaube, das möchten wir alle jetzt erst einmal sacken lassen. Wir machen fünf Minuten Pause.«

Tanja wirkt zufrieden.

Ich denke an mich früher zurück. Meine bevorzugte Rolle im Spiel für mich allein war zuerst Kindergärtnerin und später Lehrerin. Ich hatte eine Puppe, die wie ein Kleinkind aussah und auch in etwa so groß wie ein Zweijähriger war. In meiner Vorstellung verletzte sich das Kind, alternativ wurde es auch von anderen gehänselt, und ich tröstete es dann. Nahm es in den Arm, wiegte es.

Wenn man jemanden in den Arm nimmt, wird man auch selbst gehalten. Vielleicht war das ja der Grund, warum ich dieses Spiel gespielt habe.

Am späten Nachmittag steht dann Ismails Herausforderung an. Als Ulla und ich in sein Zimmer kommen, ist Anna schon da und mit ihm in eine Kleiderdiskussion vertieft.

»Beim ersten Mal ziehe ich lieber eine Leggings an, das fällt nicht so auf«, sagt Ismail.

»Unsinn«, meint Anna, »du musst gleich in die Vollen gehen, dann hast du es ein für alle Mal hinter dir. Wenn, dann auch richtig! Nun man keine Scheu mehr!«

Ismail schaut hilfesuchend zu uns.

»Was meint ihr?«

Ulla und ich antworten gleichzeitig.

»Sie hat recht.«

Ismail gibt sich geschlagen und wählt den längsten Rock aus, den er hat, was bedeutet, dass er drei Fingerbreit über dem Knie endet. Dazu ein Top mit einer Wickelbluse, Strumpfhose und Pumps.

»Was ist mit Schminke?« Ismail fährt sich übers Kinn. »Soll ich mich noch mal rasieren?«

Trotz der Rasur am Morgen ist jetzt schon wieder ein leichter Bartschatten zu sehen.

»Mach nur«, sagt Ulla. »Dann lege ich dir gleich auch noch Make-up auf. Nur ein leichtes, versteht sich, du gehst ja nicht aus. Als Frau schminkt man sich doch auch nicht jeden Tag mit dem Spachtel. Ich finde, wir sollten es so machen, dass du das ab morgen auch ganz leicht nachmachen kannst.«

Ismail ist einverstanden und die Rasur schnell erledigt. Bevor es jetzt mit Umziehen und Schminken losgeht, kommt aber noch das von Anna angeregte Ritual. Von ihr angeleitet, bilden wir einen Kreis um ihn, danken Ismail dafür, dass er Hülya bis jetzt beschützt hat, und geben ihn frei. Dann heißen wir Hülya willkommen.

Ich bin bei alldem ein bisschen unschlüssig, ob ich mir nicht albern vorkommen sollte. Aber eigentlich fühlt es sich gut an, was wir da tun.

Ismail, nein, Hülya ist aufgewühlt, und wir müssen mit

dem Schminken noch ein wenig warten. In der Zwischenzeit suchen wir eine Perücke aus.

Schließlich ist sie fertig gestylt, aber ist sie auch bereit?

»Und, bist du bereit?«, fragt Ulla, als hätte sie meine Gedanken gelesen.

»Nein«, sagt Hülya. »Aber egal.«

»So ist's richtig, min Deern«, nickt Anna. »Dann los.«

Wir nehmen Hülya in die Mitte, Ulla und ich gehen links von ihr, Anna rechts. Alles klappt gut, die ersten Patienten, denen wir begegnen, geben sich redlich Mühe, nicht zu sehr zu glotzen und so zu tun, als ob alles normal wäre.

»Erkennen sie mich wohl wieder?«, fragt Is..., nein, Hülya.

Lieber nicht lügen jetzt.

»Doch, ich denke schon, man erkennt dich noch«, sage ich.

Und dann biegen ausgerechnet das Mannweib und der Heimpinkler um die Ecke. Als Mannweib uns sieht, bleibt sie stehen. Je näher wir kommen, desto breiter ihr Grinsen.

»Ha, ich glaub's ja nicht, Conchita Wurst ist hier bei uns auf der Station! Jetzt aber bitte nicht anfangen, eine Arie vom Phönix oder so zu singen.«

Heimpinkler lacht sich scheckig.

Diese Kuh. Hülya fällt sofort in sich zusammen. Der Vergleich mit Conchita wird ihr nicht gefallen, wo sie sich doch vorhin extra noch rasiert hat.

Ich hole Luft, um eine gemeine Bemerkung über Wildschweine loszulassen, da prescht Anna schon nach vorn.

»So etwas Ungehobeltes, Unkultiviertes und Uninformiertes, du solltest dich was schämen!«

Mit jedem Un-Wort zieht sie ihr die Stofftasche, die sie

die ganze Zeit am Arm getragen hat, aufs Neue über das Fell. Zum Glück ist das Porzellan nicht mehr darin.

»He, du spinnst wohl, Alte!«

Der Heimpinkler fasst Anna am Arm und reißt sie von Mannweib fort. Eine Sekunde später reißen Ulla und ich den Heimpinkler von Anna weg. Bevor Schlimmeres passieren kann, sind schon zwei Schwestern da.

»Was ist denn hier los?«, wollen sie verständlicherweise wissen.

Wir reden alle durcheinander, bis auf unsere Dschinnie, die am liebsten in ihrer Flasche verschwinden würde.

Langsam bringen die Schwestern Ordnung in unser Chaos. Mannweib darf sich verteidigen.

»Ich habe doch bloß einen Scherz zur Auflockerung gemacht«, grunzt sie. »Das war doch gar nicht böse gemeint. Warum verstehen mich immer alle falsch?«

»Und warum hast du sie dann ausgelacht?«, will Ulla wissen.

»*An*! Ich habe sie angelacht, verstehste?«, knurrt Mannweib zurück.

»Wir werden das heute bei der Abendrunde weiter besprechen«, meint Schwester Stefanie. »Jetzt sollten sich erst mal alle wieder beruhigen.«

Da hat sie wohl recht. Mir tut Ismail so leid. Warum musste das so laufen?

Erst einmal gehen wir auf Annas Zimmer und trinken Tee. Diesmal hole ich das heiße Wasser.

Hülya ist untröstlich.

»Ich hätte niemals denken dürfen, dass das klappen könnte, ich war so dumm«, sagt sie. »Am besten ziehe ich mich gleich wieder um.«

Anna haut mit der flachen Hand auf den Tisch, dass das Porzellan klirrt.

»Nichts da! Min leeves Kind, auf Idioten wirst du in der Welt immer wieder treffen. Sie ist voll davon. Deshalb ist es nur gut, wenn du den ersten hier begegnest, wo wir bei dir sind. Jetzt wird kein Rückzieher gemacht, sondern wir machen es gleich noch einmal.«

Hülya steht auf und umarmt sie. »Danke, dass du dich so für mich eingesetzt hast. Aber bitte niemanden mehr schlagen, okay?«

Anna winkt nur gleichgültig ab. »Du brauchst dringend ein bisschen mehr Selbstvertrauen, Liebchen. Gerade kam mir eine super Idee. Vor Jahren hat mir eine Bekannte erzählt, dass es in Hamburg eine Dame gibt, die sich auf professionelle Umstylings für Transvestiten und Transgender spezialisiert hat. Sie macht Fotoshootings und so weiter. Da werde ich einen Termin für dich machen, und dann gehen wir alle zusammen hin.«

Sie wendet sich an uns. »Ihr kommt doch mit?«

»Sehr gern«, sagt Ulla. »Wenn ich es bis dahin hinkriege.«

Ich setze ein ganz besonders zuversichtliches Lächeln auf. »Das wird sie. Und ich bin natürlich auch dabei.«

Hülyas Augen leuchten wieder.

Zehn Minuten später gehen wir erneut raus auf den Flur und in den Speisesaal, denn es ist Zeit für das Abendbrot. Zwei gute Dinge geschehen dort: Niemand macht eine dumme Bemerkung über Hülya. Und ich sehe Ben an einem der Tische sitzen.

Langsam zurück auf Los. Schritt sechs.

Das Mädchen hockt nur noch zu Hause, erzählt deine Mutter ihrer Freundin am Telefon und scheint sich tatsächlich noch darüber zu wundern. Du wunderst dich darüber, wie man so ahnungslos sein kann. Kriegt sie denn gar nichts mit?

Du hast schlicht und einfach kapituliert, hast beschlossen, erst gar nicht mehr zu fragen, ob du weggehen darfst, tust dir den Stress der Antwortprozedur nicht mehr an. Inzwischen wirst du sowieso schon immer weniger von deinen Mitschülern gefragt, ist doch nur natürlich.

Andrea hat mittlerweile Christina zu ihrer besten Freundin auserkoren, weil die nur vor dem Telefon hockt und darauf wartet, dass Andrea pfeift, damit sie springen kann.

Momentan ist Andrea mit einem älteren Jungen aus eurer Schule zusammen. Er hat viele Freunde, mit denen sie dann zusammen abhängen. Das ist für Christina natürlich interessant. Du wirst eigentlich nur noch von ihnen geschnitten.

An der Freundschaft zu Andrea hast du schon länger gezweifelt. Einerseits, weil ihr euch seit der Pubertät in so unterschiedliche Richtungen entwickelt habt, andererseits auch wegen ihrer gemeinen Kommentare, die eigentlich schon immer bewiesen haben, dass sie gar keine gute Freundin ist, sondern sich nur um sich selbst dreht. Du hast ihr das von damals noch nicht verziehen, und vor allem hast du es immer im Kopf, zusätzlich zu dem anderen Mist.

Also gehst du nicht mehr aus. Du hast deine Bücher. Du hast doch schon immer unwahrscheinlich gern gelesen. Nur deshalb wolltest du auch möglichst schnell in die Schule kommen. Nie mehr darauf angewiesen sein, dass Eltern oder Großeltern Lust zum Vorlesen haben. Bereits vor Weihnachten konntest du dann fließend lesen.

Schon früher haben sie alle gesagt: Wenn sie liest, dann vergisst sie die Welt um sich rum. Oft haben sie deinen Namen gerufen, und du hast gar nicht darauf reagiert.

Sie hat gar nichts mitgekriegt, hat Mama auch zu Oma am Telefon gesagt, nachdem sie sich mit Papa in der Küche mal wieder lauthals gestritten hatte. Du lagst bäuchlings mit einem Buch auf dem Boden im Wohnzimmer. Aber du hast nur so getan, als ob. Sie hatten keine Ahnung, was du alles mitbekommst.

Wie kann es sein, dass du damals schon mehr nachgedacht hast als deine Eltern?

In der Schule habt ihr über Kafkas Eskapismus gesprochen. Das versuchst du jetzt mit deinen Büchern zu praktizieren. Aber manchmal hilft auch das Lesen nicht mehr.

An das große Messer in der Küche denkst du noch ziemlich oft.

Einzeltherapie, Sitzung sechs

Könnte jemand unsere Sitzungshistorie nachverfolgen, dann würde er heute wohl eine Art Rückfall feststellen.

»Die Schwestern konnten nur mit Mühe verhindern, dass eine Massenschlägerei stattfand«, übertreibe ich das Ende meines Berichts über die Beinaheckloppe, die Anna angefangen hat, ein bisschen.

Kuhlmann hat wild mit den Augen gerollt, als ich mit der Story anfing. Die ganze Zeit hat er nichts gesagt, und jetzt gerade scheint er sogar einzudösen. War wohl nichts mit der Spannung, die er erwartet hat. Mein Plan geht offenbar auf, wer hätte das gedacht?

Aber nach einiger Zeit des Schweigens passiert etwas Unerwartetes, etwas, das ich mir selbst mitnichten erklären kann: Ich fange an, davon zu erzählen, wie ich mich in der Oberstufenzeit eingeigelt habe.

Sofort ist er hellwach. »Ihr Vater hat es Ihnen wohl sehr schwergemacht zu der Zeit. Wollte er vielleicht nicht einsehen, dass sein Mädchen erwachsen wird?«

Sein Mädchen, hmpf. Kuhlmann hat recht und unrecht zugleich.

Und jetzt geht Kuhlmann tatsächlich aufs Ganze. »War es womöglich seine Kontrolle, waren es seine Verbote, die

Ihnen das Eingehen einer Beziehung verunmöglicht haben?«

»Quatsch, so einfach ist das nicht«, platzt es aus mir heraus. »Wenn Sie einen Fall aus dem Lehrbuch erwarten, sind Sie bei mir falsch!«

Er lacht nur. Wie schön, dass ich meinen feinen Herrn Therapeuten amüsiere!

»Frau Berg, ich würde mir ja sehr gern alle Details und Besonderheiten anhören, es gibt da nur ein Problem«, sagt er. »Sie haben sich ja schon gebessert, aber Sie sind immer noch nicht bei sich selbst angekommen, wenn Sie von sich erzählen. Das müssen Sie erst einmal hinkriegen. Realisieren, dass das Ihre Geschichte ist. Ihr Leben.«

Er beugt sich vor, greift am Beistelltisch vorbei und legt eine Hand auf meinen Arm. Sie fühlt sich nach Ermutigung an und auch nach Trost. Auch etwas, das ich normalerweise nicht ertragen kann. Aber ich verspüre nicht den Drang, die Hand abzuschütteln. »Wollen Sie mir nicht versprechen, daran zu arbeiten?«

Ich glaube nicht, dass es zu den normalen Aufgaben eines Therapeuten gehört, seinen Patienten Versprechen abzunehmen. Aber weil er auch kein normaler Therapeut ist, willige ich ein.

*

Zwei Tage später suche ich Tanja, weil wir gleich zusammen Entspannungsgruppe haben. Ich finde sie auf dem Sofa im Aufenthaltsraum. Knutschend, wie könnte es anders sein. Allerdings nicht mit Gernot, der wurde nämlich gestern entlassen. Sie sitzt da mit Bens Zimmergenossen. In der Mittagspause habe ich die beiden gemeinsam über das Gelände joggen sehen. Dabei sind sie sich wohl nähergekommen.

Das kann doch echt nicht wahr sein! Wenn ich an die Abschiedsarie denke und an das Häufchen Elend, das gestern nach Gernots Entlassung mit bis unters Kinn gezogener Decke im Bett lag, kann ich nicht glauben, was ich sehe.

Aber auf einmal muss ich an meine frühere beste Freundin Andrea denken und zugeben, dass so etwas wohl doch nicht unglaublich ist. Als wir in der Zehnten die Klassenfahrt nach Italien gemacht haben, kam ihr Freund Tim mit zum Bus zur Verabschiedung. Rotz und Wasser hat sie geheult, sich an ihn gehängt, als würden sie auf ewig getrennt.

Keine drei Stunden später hat sie im Bus mit einem Klassenkameraden rumgemacht, der wohl schon immer scharf auf sie gewesen ist. Damals war ich ebenso geschockt wie jetzt gerade. Die beiden waren dann für die Dauer der Klassenfahrt ein Pärchen, aber danach ist sie dann wieder zu Tim übergewechselt. Da kann es doch mit echten Gefühlen nicht weit her gewesen sein.

Tanja schaut auf. »Hey, Lea, was stehst du da wie versteinert? Was gibt's denn?«

Ich räuspere mich. »Wir haben jetzt gleich Entspannungsgruppe zusammen.«

Ihr neuer Freund leidet offensichtlich gerade an exzessiver Hormonausschüttung.

»Ein Teil von mir könnte jetzt aber auch Entspannung gebrauchen«, säuselt er an Tanjas Hals.

Widerlicher Kerl.

»Ginge das unter deinen Medikamenten überhaupt?«, frage ich in einem Anfall von Frechheit.

Die meisten der üblichen Sachen haben nämlich die Eigenschaft, die Libido so ziemlich auszutrocknen.

Leider kontert er gut. »Klar geht das, wenn man nicht so verklemmt ist wie du!«

Darauf weiß ich nichts zu sagen, aber jetzt springt Tanja auf.

»He, nicht streiten, ja? Bis später, mein Schatz.«

Schweren Herzens trennt sie sich von ihm.

»Ist eigentlich ein ganz Lieber, der Thomas«, sagt Tanja. »Und er mag mich voll gern.«

Ich unterdrücke ein Seufzen. »Ja klar, bestimmt.«

Als wir mitten in der Entspannung sind, hören wir plötzlich Tumult auf dem Flur. Ich meine, der Name »Anna« fällt, und würde gern rausgehen und nachsehen, was los ist. Leider traue ich Feigling mich nicht.

Die Therapeutin meint auch nur, dass wir versuchen sollen, bei uns zu bleiben, der Lärm wäre sicher gleich vorbei. So ist es dann auch.

Aber nach der Stunde wartet Hülya schon aufgeregt mit feuchten Augen vor der Tür auf uns.

»Was ist los?«, frage ich. »Wieder das Mannweib?«

Hülya schüttelt den Kopf. Es hätte mich auch gewundert, denn seit dem Vorfall ist alles gut gelaufen, und Hülya hat inzwischen kein Problem mehr damit, sich in Frauenkleidung zu zeigen.

»Es ist wegen Anna«, erzählt sie. »Schon gestern kam

sie mir komisch vor, weil sie mir fünfzig Euro schenken wollte. Heute ging es dann weiter, vorhin hat sie angefangen, weitere Scheine an die Patienten zu verteilen.« Hülya fängt an zu weinen. »Sie meinte, sie bräuchte es nicht mehr, denn sie könne jetzt fliegen und überall hin. Und dann wollte sie aufs Dach.«

»Du heilige Scheiße.« Das darf doch nicht wahr sein. »Hast du die Schwestern geholt?«

Sie schüttelt den Kopf. »Erst nicht, ich habe zuerst noch probiert, sie aufzuhalten, aber nichts hat funktioniert.«

Ich nehme sie kurz in den Arm. Ich weiß doch, wie gern sie Anna hat.

»Dann kamen die Schwestern, und ein Arzt gleich mit. Sie sagen, die manische Phase war schon länger im Kommen. Sie haben sie erst mal auf die Geschlossene gebracht. Bis sie sie neu eingestellt haben.«

»O nein, wie schlimm.« Ich weiß nicht, was ich noch sagen soll.

»Leute, ich geh dann mal«, wirft Tanja plötzlich ein. »Mein Freund wartet sicher schon.«

Hülya und ich schauen ihr hinterher, wie sie mit wiegenden fleischlosen Hüften abwackelt. Zum dritten Mal innerhalb kürzester Zeit hat Tanja mich sprachlos gemacht.

Am übernächsten Abend habe ich gerade mit Tanja ein Tischtennisspiel beendet. Obwohl sie dem äußeren Anschein nach nicht mal mehr die Kraft haben dürfte, einen Löffel Milch in die Kaffeetasse zu bugsieren, ist sie verrückt nach Sport. Eine lahme Partie gegen mich, die ich eine ziemliche Niete im Tischtennis bin, hält sie wenigstens davon ab, ums Haus zu joggen oder eine Milliarde Sit-ups auf unserem

Zimmer zu machen. Mit ihrem neuen Freund ist sie zum Glück zerstritten.

Ulla hat den Schiedsrichter gemimt, jetzt setzen wir uns zu dritt und mit frischem Kaffee versorgt an den großen Tisch, weil das Sofa von Mannweib und Heimpinkler besetzt ist. Unglaublich, aber wahr! Die beiden haben sich gefunden.

Uns schräg gegenüber sitzt Ben und liest in einem Buch. *Der Mythos des Sisyphos* von Camus. Ich lächle ihm kurz zu, als er aufschaut. Irgendwie hat es sich immer noch nicht wieder ergeben, dass wir ein bisschen reden konnten.

Tanja wippt auf ihrem Stuhl und beißt sich auf die Lippen. »Ich könnte vielleicht noch mal eine Runde ums Haus oder so.«

»Nee«, sage ich, »ich wollte dich noch was fragen. Du musst mir unbedingt erzählen, wo du diese süßen Kirschohrringe herhast.«

Es funktioniert, sie erzählt enthusiastisch von dem kleinen Schmucklädchen in der Schanze mit der lesbischen Besitzerin, die einen offenbar ganz toll berät und die gekauften Stücke dann in Tütchen mit Dekosand, Glasperlen und Federn individuell verpackt.

Ulla kennt auch noch einen tollen Laden, und so geht es eine Weile hin und her. Währenddessen merke ich, wie meine Nase langsam zuschwillt, das tut sie immer abends. Wenn ich eines nicht aushalten kann, neben Enge im Hals natürlich, dann das. Es belegt nur ganz knapp Platz zwei hinter irgendwelchen Krümeln im Hals. Deshalb gönne ich mir einmal täglich vor dem Schlafengehen eine Dosis Nasenspray. Es schädigt die Schleimhäute, aber freies Atmen ist ja wohl eindeutig wichtiger. Immerhin nehme ich das für Kinder. Halbe Wirkstoffkonzentration, gleiches Ergebnis.

Heute ist meine Nase früh dran, aber ich habe das Spray sowieso immer in der Hosentasche. Während Tanja und Ulla langsam von Schmuck- auf Klamottenläden umschwenken, hole ich es heraus.

In dem Moment, als ich das erste Mal sprühe, sagt Tanja zwischen *H&M* und Secondhand: »Der Tennessee Williams ist ja am Verschluss von seinem Nasenspray erstickt.«

Mein Herz setzt einen Schlag aus, ich erstarre mitten in der Bewegung. »Wie bitte?«

»Ja, hab ich mal gelesen.«

»Wie soll das denn gehen?«, fragt Ulla.

Aber ich kann mir das nur zu gut vorstellen. Schnell nehme ich den Sprühkopf aus dem Nasenloch. Wahrscheinlich hat er einfach vergessen, den Verschluss abzumachen. Hat sich das Ding in die Nase gesteckt, ruckartig eingeatmet und zack, aspiriert. Mir wird ganz heiß, gleichzeitig bricht mir kalter Schweiß aus. Ich dachte eigentlich, ich wäre inzwischen ein bisschen abgebrühter, aber jetzt gerade habe ich nur eine Vorstellung im Kopf: Jederzeit hätte mir das auch passieren können, jederzeit!

»Ich werde nie wieder Nasenspray nehmen können«, sage ich, und das Zittern und die Resignation in meiner Stimme lassen mich plötzlich furchtbar traurig werden.

Ben schaut mich an, alarmiert, besorgt.

»Es ist total dämlich, aber ich weiß nicht, wie ich ohne auskommen soll!« Tränen brennen in meinen Augen, ich kann kein Indianer mehr sein. Ich muss raus hier.

»Lea, tut mir leid!«, ruft Tanja mir noch hinterher.

Natürlich kommen Ulla und Tanja mir nach, wollen trösten, aber ich bitte sie nach ein paar Minuten, mich allein zu lassen. Auf meinem Bett heule und heule ich. Wegen des Sprays. Wegen der Tatsache, dass ich ausgerechnet wegen so etwas heulen muss. Wegen allem, irgendwie. Als Begleiterscheinung kriege ich nach kurzer Zeit überhaupt keine Luft mehr durch die Nase, japse und schluchze abwechselnd.

Irgendwann kommen einfach keine Tränen mehr. Ein stattlicher Taschentuchhaufen liegt neben mir, mein Schädel brummt, ich starre einfach vor mich hin. Es klopft. Sicher Tanja, die langsam schlafen will.

»Ja, komm rein!«

Ich höre mich schlimmer an als mit dem übelsten Schnupfen, den ich je gehabt habe. Meine Nase ist immer noch zu.

Aber es ist nicht Tanja, es ist Ben. Mit ernstem Gesicht betritt er das Zimmer, ein Blatt Papier in den Händen.

»Ich wollte mal schauen, wie es dir geht.«

Ich klaube schnell die Tempohäufchen zusammen. Wie peinlich das alles ist!

»Habe mich wieder beruhigt, geht schon«, sage ich, »es ist nur so, dass das eben so ein Ritual war, das mir ein bisschen Sicherheit gegeben hat.«

Warum kann ich nicht verhindern, dass sich meine Augen schon wieder mit Tränen füllen? Gerade eben habe ich doch gedacht, ich wäre völlig leergeheult. Außerdem habe ich ein schlechtes Gewissen, weil ich mich von Ben davon habe abhalten lassen, ihn zu besuchen, als es ihm schlechtging.

Ben setzt sich zu mir aufs Bett und schaut mich an. Nach der Farbenlehre wird Türkis zu den kalten Farben gezählt, aber ich glaube nicht, dass irgendetwas wärmer sein kann als der Blick aus diesen Augen.

»Ich habe ein bisschen recherchiert«, sagt er. »Bei Wikipedia steht, dass Tennessee Williams an dem Verschluss seines Nasensprays oder seiner Augentropfen erstickt ist. Oder. Was für eine Aussage! Also habe ich weitergesucht, und Google hat schließlich eine Diplomarbeit ausgespuckt, in der dann stand, was genau passiert ist.«

Er hält mir das Blatt entgegen, ich nehme es, kann es mir aber nicht gleich ansehen.

»Warum hast du das gemacht?«, frage ich.

Er zuckt nur mit den Schultern. »Ich dachte, das könnte dir helfen.«

Ich lese, dass es in Wahrheit tatsächlich der Verschluss der Augentropfen gewesen ist, der dem alten Tennessee den Rest gegeben hat. Gewohnheitsmäßig hatte er ihn bei der Tropfenanwendung immer in den Mund genommen. Leider stand er dabei an seinem Todestag wie so oft unter Drogen- und Alkoholeinfluss, so dass er nicht ganz bei sich war und es zu dem Unglück kam.

»Was für ein sinnloser Tod. Wie kann man nur auf die Idee kommen, einen Verschluss in den Mund zu nehmen?«

Das Grauen bei der Vorstellung schüttelt mich. Ich lege das Blatt beiseite.

»Danke. Danke, dass du das für mich rausgefunden hast.«

Ben wird schon wieder rot, ich würde ihn am liebsten umarmen. Ich würde gern. Natürlich tue ich es nicht.

»Wirst du denn dein Nasenspray jetzt wieder nehmen können?«

Es tut mir leid, dass ich ihn trotz seiner Mühen enttäuschen muss.

»Nein, ich glaube nicht. Das Problem ist, dass sich jetzt schon bei mir so ein Bild festgesetzt hat. Also, dass ich vergessen könnte, den Deckel abzunehmen. Und dann.«

Ben nickt. »Gibst du mir das Spray mal?«

Ich hole es aus meiner Hosentasche und reiche es ihm. Er nimmt den Deckel ab und gibt es mir zurück. Zwischen Daumen und Zeigefinger hält er den blauen Deckel in die Höhe.

»Schau, hier ist der Deckel, es kann nichts passieren. Nimm das Spray, dann wirst du gleich bestimmt gut schlafen. Der Deckel ist in meiner Hand. Es ist alles vollkommen sicher.«

Ich muss ein bisschen lachen, Ben grinst zurück. Aber das blaue Ding zwischen seinen Fingern zu sehen hilft tatsächlich. Ich nehme das Spray und kann schon bald wieder frei atmen.

»Danke«, sage ich.

»Ich werde das jetzt jeden Abend machen«, sagt er.

Da umarme ich ihn fast doch noch. Fast.

Kurz nachdem Ben das Zimmer verlassen hat, kommt Tanja rein. Betreten zupft sie an ihrem Shirt.

»Tut mir voll leid, dass mir das rausgerutscht ist. Hätte mal den Kopf einschalten sollen.«

Tanja passiert so etwas ja öfter. Ihr Einfühlungsvermögen muss auch schon ganz ausgehungert sein. Aber immerhin merkt sie es inzwischen hinterher. Ich kann ihr nicht böse sein.

»Ist schon okay. Mir geht es auch schon wieder viel besser. Ben hat rausgefunden, dass es in Wahrheit Augentropfen waren.«

Jetzt strahlt sie und hockt sich zu mir aufs Bett.

»O ja, und das ist gerade Gesprächsstoff auf der ganzen Station! Der ist ja sonst total still, aber jetzt hat er überall rumgefragt, wer Internet hat, und nicht lockergelassen, bis sich wer gemeldet hat.«

So viel Leben habe ich in Tanjas Gesicht bisher nicht gesehen. Erst jetzt fällt mir auf, dass alles andere vorher irgendwie unecht gewirkt hat.

»Und dann, das ist das Beste, als er fündig geworden war, ist er zum Schwesternzimmer und hat die so lange bequatscht, bis sie ihm die Seite ausgedruckt haben.« Es folgt eine bedeutungsschwangere Pause, dann nimmt Tanja meine Hände. »Lea, der hat dich richtig, richtig gern.«

Ja. Genau das fürchte ich auch. Und weil ich ihn auch gern habe, kann das Ganze nur böse enden.

VIER

FATAL ERROR

Darf ich präsentieren?
Hier die Seele als offenes Buch
Darf ich präsentieren?
Millionen Seiten
Darf ich präsentieren?
Hier das Leben als Selbstversuch

(von Brücken, LADY ANGST)

Am nächsten Morgen bringe ich von dem Brot, auf das ich inzwischen schon wieder umgestiegen bin, keinen Bissen hinunter. Mehrere Anläufe bleiben erfolglos.

Im Patientenkühlschrank stehen noch ein paar Fläschchen von meiner Astronautenkost. Ich ignoriere Ullas irritierte Blicke und hole mir eines, schütte in alter Gewohnheit den Inhalt in einen Suppenteller. Als ich den Löffel in die Flüssigkeit tauche, zieht mein Hals sich noch mehr zusammen. Nichts passt mehr hindurch, gar nichts. Es klirrt, als ich den Löffel fallen lasse.

Ulla legt mir den Arm um die Schulter. »Lea, was ist denn heute Morgen mit dir los, meine Beste?«

Ich schaue rüber zu Ben, der am Nachbartisch sitzt. Auch er hat mitbekommen, dass etwas nicht stimmt.

»Ich weiß nicht«, sage ich zu Ulla.

Aber ich glaube, ich weiß es doch. Ben ist es, der los ist. Seine Augen, seine Art; seine Zurückhaltung, die mich seine Nähe suchen lässt. Meine Gedanken sind es, die los sind.

Einzeltherapie, Sitzung sieben

»Herzlichen Glückwunsch«, begrüßt Kuhlmann mich, als ich zur Tür hereingeschlichen komme.

Bevor ich mir Gedanken darüber machen kann, was er damit meinen könnte, liefert er schon selbst die Erklärung nach. »Etwas Besseres als einen Rückfall kann es gar nicht geben, um Licht ins Dunkel zu bringen. Überhaupt ist das das deutlichste Zeichen dafür, dass wir uns an einem wichtigen Punkt befinden.«

Ich schnaube nur müde. Ein wichtiger Punkt, ich lach mich schlapp. Die Hälfte meiner Therapiezeit hier ist rum, und ich bin keinen Schritt weiter, stehe wieder genau da, wo ich vorher auch stand. Wenn nicht noch einen Meter weiter hinten.

»Es muss etwas vorgefallen sein«, meint Kuhlmann. »Etwas, das möglicherweise Ähnlichkeiten mit dem Moment aufweist, an dem Ihre Angst vor dem Ersticken angefangen hat. Es ist ganz einleuchtend, dass Ihr Körper jetzt, wo wir in der therapeutischen Bearbeitung der Ursache nah sind, wieder mit Symptombildung reagiert. Seinen Schutzschild braucht er noch oder glaubt, ihn zu brauchen. Sie müssen da jetzt aktiv gegensteuern.«

Daraus wird wohl nichts. Allein das Wort *aktiv* macht

mich heute nur noch müder. Den Gefallen, ihm von Ben zu erzählen, tue ich Kuhlmann deshalb nicht. Wozu auch? Was soll das denn bringen? Es ist doch eh aussichtslos, ich bin einfach viel zu verkorkst. Aber eines muss ich loswerden.

»Darf ich Sie dezent darauf hinweisen, dass ich von Anfang an und immer wieder gesagt habe, es würde mir reichen, einfach nur wieder ohne Angst essen zu können? Diesen ganzen Mist hier hätte ich mir gern erspart.«

»Ich Ihnen nicht, da haben Sie leider Pech gehabt«, meint Kuhlmann nur. »Da hätten Sie sich schon einen Verhaltenstherapeuten suchen müssen und nicht mich. *Ich* bin dafür zuständig, Ihnen wirklich und auf Dauer zu helfen.«

Den Rest der Stunde nehme ich zusätzlich zum Nicht-essen-können-Schild sicherheitshalber noch den Ich-sage-einfach-gar-nichts-mehr-Schild hoch. Kuhlmann ist sauer und murmelt irgendwas von Kindergarten. Darf ein Therapeut das?

Auf jeden Fall nützt es ihm nichts.

*

»Hey, Lea. Ich wollte nur mal fragen ... Wie geht's dir denn?«

Mist. Ben hat mich abgepasst. Den ganzen Tag habe ich darauf geachtet, ihm aus dem Weg zu gehen, nie allein zu sein. Aus den Augenwinkeln habe ich gesehen, dass er mich ebenfalls die ganze Zeit aus den Augenwinkeln beobachtet hat.

Vorhin noch habe ich mich innerlich beglückwünscht, denn das Einzige, was nach dem Spieleabend mit Ulla, Tanja und Hülya im Aufenthaltsraum noch hätte kommen sollen, war der Gang aufs Zimmer. Wir haben wohl alle heute ein bisschen Ablenkung gut brauchen können: Hülya wegen Anna, Tanja, weil sie nach dem Schlussmachen mit ihrem neuen Freund noch keinen neueren gefunden hat, Ulla wegen ihrer immer näher rückenden Entlassung und ich wegen *istschonklar*. Und so haben wir beinahe sämtliche Spiele aus dem Regal geholt und durchprobiert. Alle anderen Patienten sind schon weg, als wir beschließen, dass wir für heute genug haben.

Dummerweise habe ich mich freiwillig zum Aufräumen der Spiele gemeldet. Mit Tanja. Und die ist natürlich mittendrin abgehauen, weil sie plötzlich noch was Wichtiges erledigen musste. Ist klar.

Und nun steht Ben neben mir, greift die *Jenga*-Schachtel und legt sie unbeholfen ins Regal. Ich reiße sie wieder heraus.

»So geht das nicht. Die muss nach ganz oben, sonst kommt alles ins Rutschen.«

Ben scheint die Warnung, die in meinem Tonfall liegt, nicht zu verstehen.

»Aber ist denn alles okay bei dir?« Nervöse Finger nesteln an den Taschen seiner Jacke. »Ich hatte das mitbekommen, beim Essen gestern, und als ich dir abends mit dem Nasenspray helfen wollte, konnte ich dich nicht finden. Später sagte Ulla mir, du würdest schon schlafen. Tut mir leid, dass ich nicht da war.«

Es tut *ihm* leid, ist es zu fassen? Ich spüre Wut in mir hochsteigen, möchte am liebsten irgendwo draufschlagen.

Das *Scrabble* landet mit einem Knall im Regal, mit einem weiteren folgt *Jenga*. Fertig.

»Weißt du«, sage ich kalt, »eigentlich geht dich das doch alles gar nichts an. Was kümmerst du dich denn überhaupt darum? Musst du nicht mal wieder deine Taschen kontrollieren?«

O Gott. Was tue ich da?

Aber Ben wird noch nicht einmal wütend.

»Lea, was ...?« Das ist alles, was er herausbringt.

»Was was?«, äffe ich ihn nach. »Ich komme auch gut ohne dich klar, ich brauche deine Hilfe nicht.«

Er schaut mich an wie ein geprügelter Hund.

»Würdest du mich dann jetzt bitte allein lassen?«, probiere ich es in meinem genervtesten Tonfall weiter.

Es reicht noch nicht.

»Aber ...«

»Geh!«, brülle ich, dass es womöglich auf der ganzen Station zu hören ist. Mein Hals kribbelt, ich muss husten.

Und da geht er. Verlässt den Raum. Schließt die Tür hinter sich.

In diesem Moment stoppt das Universum seine Expansion, kehrt sie um und zieht sich zusammen, bis nur noch der eine Raum übrig ist, in dem ich mich befinde. Allein. Und weiter, bis es mich von allen Seiten umschließt.

Dann implodiere ich.

Langsam zurück auf Los. Schritt sieben.

Das war sie also, die erste große Liebe, die man nie vergisst?

Du heulst. Du hasst sie alle. Deinen Vater, der dir alles kaputtgemacht hat, deine Mutter, die wie immer nichts gesagt, sondern nur beschwichtigend darauf hingewiesen hat, dass dein Vater in der Beziehung eben ganz anders erzogen worden sei. Deshalb muss er dir aber doch dein Leben nicht zerstören. Denn genauso fühlt es sich an.

Natürlich hält die erste Liebe selten ewig, aber sie ist doch der Anfang von allem, was kommt, und man sollte sie in guter Erinnerung behalten können. Wenigstens Teile davon. Bei dir ist kein einziges übrig.

Du hasst auch deine Freundin, die es noch für witzig hält, dir deine Unzulänglichkeiten in Liebesdingen vorzuhalten. Hat die sich denn von Anfang an ausgekannt mit alldem? Nur weil sie schon viele Freunde hatte, ist sie doch nichts Besseres. Pah, im Gegenteil, eine kleine Schlampe ist sie doch in Wirklichkeit!

Ihre Mutter hasst du, weil die ihr schon immer alles in den Hintern geschoben hat, jedes Spielzeug, das sie haben wollte, hat Andrea auch bekommen und es kurz danach auf Nimmerwiedersehen in eine Ecke gefeuert. Und auch jetzt ist jeden Tag bis zehn weggehen kein Problem.

Marc hasst du natürlich auch, weil er für den ganzen Ärger mit deinem Vater, die ganzen Bauchschmerzen, die du gehabt hast, kein bisschen Verständnis aufbringen konnte. Deshalb bist du ja auch irgendwie erleichtert, dass es jetzt, nach sagenhaften vier Wochen, endlich vorbei ist.

Warum musstet du dir unbedingt einen Typen aussuchen, der nichts mit seinem Leben anzufangen weiß, dich vor anderen niedermacht, obwohl er der Erfahrenere ist und es dir ein bisschen leichter hätte machen können, einen, der es nötig hat, sein Selbstbewusstsein aufzupolieren, indem er Schwächere anpöbelt, und der dazu noch Drogen nimmt?

Kann man das alles nicht irgendwie rückgängig machen, bitte? So viel Hass, wo du doch einfach nur lieben wolltest. Vielleicht bist du es wirklich nicht wert.

Als du das denkst, geht der Vorhang aus Weltschmerz kurz auf, und du merkst, dass du schon auch ein bisschen theatralisch bist. Aber dieser Moment dauert nicht lange.

Denn Weltschmerz nagt. Mit einem Kloß im Hals, der gar nicht mehr weggehen will, hörst du mehrmals hintereinander In The Air Tonight. *Dabei stellst du dir vor, wie du das große Brotmesser aus der Küche holst und es dir in den Bauch rammst. Dann würde es deinem Vater bestimmt leidtun. Dann würde es allen leidtun.*

Tatsächlich holst du das Messer aber nicht, sondern stellst jetzt Du erinnerst mich an Liebe *auf Repeat. Du hörst es unzählige Male und denkst, das müsste deinen Eltern doch eigentlich komisch vorkommen und sie gleich mal nachsehen lassen, was los ist. Du Dummerchen.*

Natürlich passiert nichts dergleichen. Irgendwann schläfst du ein.

»Frau Berg, möchten Sie uns nicht erzählen, was Sie bedrückt? Es wird Ihnen guttun.«

Frau Schmittke hat für diese beiden Sätze die Nuance *extrasanft* aus ihrem Stimmrepertoire ausgewählt, aber sie wird dennoch weiter auf Granit beißen. Wie alle anderen. Ulla, Tanja und Hülya haben auch schon ein paar Beißerchen verloren beim Versuch.

Die letzten Tage habe ich mich in mein Schneckenhaus verkrochen und bin noch nicht bereit, wieder herauszukommen. Immerhin habe ich den Abbruch der Therapie, den ich kurzzeitig in Erwägung gezogen hatte, wieder verworfen.

»Nein, ich möchte heute lieber nicht, sagte ich doch bereits«, antworte ich also. Es klingt ein wenig bockiger als beabsichtigt.

Frau Schmittke scheint zu überlegen, ob sie noch einmal insistieren soll. Sie öffnet den Mund, schließt ihn wieder. Faltet die Hände über ihren übereinandergeschlagenen Knien. »In Ordnung, in der nächsten Stunde sind Sie sicher so weit. Bis dahin seien Sie einfach bei uns.«

Wie großzügig von ihr. Endlich wird die Aufmerksamkeit von mir abgezogen und auf die anderen gerichtet. Ulla erzählt von ihrem Probewochenende zu Hause. Sie und ihr Mann haben mit Nachbarn im Garten gegrillt.

»Die Jahre zuvor konnte ich das einfach nicht, aber es war so schön, so unbeschwert.« Sie lacht. »Ich habe zwei Würstchen und zwei Steaks verputzt, ist es zu glauben?«

Ich freue mich für sie, aber dann kommt doch noch ein Dämpfer um die Ecke.

»Nur vorher beim Stadtbummel, da habe ich wieder weiche Knie bekommen, kaum dass wir aus dem Parkhaus bei Karstadt raus waren.«

»Was haben Sie dann gemacht?«, will Frau Schmittke wissen.

Ulla verschränkt die Arme vor der Brust. Sie weiß, dass sie jetzt zeigen muss, dass sie hier etwas gelernt hat.

»Ich habe natürlich den Stressball in meiner Hosentasche geknetet. Und mir meinen Hochzeitsstrauß vorgestellt.«

Gut gesagt, denke ich.

»Gut gemacht«, sagt Frau Schmittke. »Wie ging es weiter?«

Ulla entspannt sich wieder ein bisschen. »In der Europa-Passage haben wir bei *Dunkin' Donuts* Verpflegung für die angekündigten Kaffeegäste besorgt. Ich fand, das hat dann erst mal gereicht für den Tag, und wir sind wieder zurück.«

»Wunderbar.«

Frau Schmittke ist zufrieden. Nachdem sich ihr Therapiesurfbrett mit mir in ein Wellental gebohrt hat und sie ein bisschen das Gleichgewicht zu verlieren drohte, surft sie jetzt wieder auf dem Wellenkamm. Mal sehen, ob das noch jemand toppen kann.

Tanja ergreift das Wort. Zuerst sieht es so aus, als wolle

sie nur ihre Hundegeschichte wieder aufwärmen, aber dann geht alles in eine ganz andere Richtung.

»Lassie wollte geliebt werden, wollte gestreichelt werden«, erzählt sie kerzengerade aufgerichtet, »und dann hat sie jemanden gefunden, der genau das gemacht hat.«

Es folgt eine bedeutungsschwangere Pause. Tanja schaut der Reihe nach jedem Einzelnen von uns ins Gesicht. Dann lässt sie die Bombe platzen.

»Der Cousin meiner Mutter, der in unserer Nachbarschaft wohnte, hat mich seit meinem achten Lebensjahr regelmäßig missbraucht.«

Ulla trägt ihr Herz wieder einmal auf der Zunge. »Du lieber Gott«, spricht sie mit vor den Mund geschlagener Hand ungefähr das aus, was wir alle wohl in diesem Moment denken. Etwas, das in diese Richtung gehen könnte, habe ich nicht einmal geahnt.

Tanja erzählt weiter, und sie scheut keine Details. Ich vermute, ihr gefällt die Aufmerksamkeit sogar, die sie dadurch bekommt. Ihr Onkel hat häufig auf sie aufgepasst, wenn die Eltern auf Geschäftsreise waren. Zuerst spielten sie harmlose kleine Körperkontaktspielchen. Irgendwann hat er sie dann angefasst und ihr eingeredet, dass sie es doch die ganze Zeit schon so wollte. Später musste sie auch diverse Handlungen an ihm verrichten, und nachdem das einige Zeit so gegangen war, vergewaltigte er sie. Aber Tanja hat nie auch nur den Versuch gemacht, ihren Eltern oder irgendjemandem sonst etwas davon zu erzählen.

»Er hatte ja auch recht«, beendet sie ihren Bericht. »Ich habe mich ihm ja praktisch angeboten, bin immer direkt auf seinen Schoß gehopst, wenn meine Eltern mich bei ihm abgeliefert hatten.«

»Unsinn, Tanja, er hatte überhaupt nicht recht! Ganz und gar nicht!« Ullas Stimme bebt. Das Muttertier in ihr kann sich nicht beherrschen. Gut so.

Dann übernimmt Frau Schmittke.

»Kein Kind hat jemals Schuld, Frau Richter, kein Kind will das. Aber die Täter sind sehr gut darin, einen das glauben zu machen. Sie selbst haben nur ein bisschen Geborgenheit gesucht, und das wurde ausgenutzt.«

Tanja sieht nicht überzeugt aus.

»Aber ich habe auch Gefühle dabei gehabt«, sagt sie fast trotzig.

Frau Schmittke kann sie damit nicht schocken.

»Das ist vollkommen normal«, sagt sie. »Eine unwillkürliche Reaktion des Körpers, die Kinder dann noch mehr verunsichert, ihnen ein schlechtes Gewissen macht.«

Tanja versucht noch weiter, unsere Therapeutin von ihrer Schuld zu überzeugen, aber ich bekomme nicht mehr alles mit. Meine Gedanken driften ab. Ich erinnere mich an eine Reportage, die ich vor Jahren im Fernsehen gesehen habe.

Mehrere in ihrer Kindheit missbrauchte Frauen wurden darin in ihrem Alltagsleben gezeigt und haben von ihrer Vergangenheit berichtet und davon, wie sie sich noch heute auf sie auswirkt. Die Täter waren Väter, Stiefväter, entfernte Bekannte, ein Mädchen war von seiner Mutter an Freier vermietet worden. Grausam. Zwei der Interviewten hatten eine multiple Persönlichkeitsstörung entwickelt, die sie öfter in Verlegenheit brachte, bis sie endlich rausfanden, was mit ihnen los war.

Alle hatten noch mit Nachwirkungen des Missbrauchs zu kämpfen, und doch hatten diese Frauen eines gemeinsam: Sie waren verheiratet oder hatten zumindest einen Freund.

Ich erinnere mich wieder daran, wie ich beim Schauen dieses Berichts auf dem Sofa in meiner ersten eigenen Wohnung saß, damals noch in Hannover, und mich fragte, wie diese Frauen überhaupt in der Lage sein konnten, noch eine Beziehung einzugehen. Sex zu haben, nach all dem, was sie durchgemacht hatten. Wie war das möglich? Begreifen kann ich das auch heute noch nicht.

Wie können sie es, wie kann Tanja es, obwohl ihnen doch etwas so Schreckliches passiert ist, etwas ungleich Schrecklicheres als mir? Und doch bin ich diejenige, die bei jedem männlichen Wesen, das sich für sie interessiert, Blut und Wasser schwitzt, wenn es so aussieht, als könnte es ernst werden.

Wieso sich Männer überhaupt noch in mich verliebten, wo ich mir normalerweise doch die größte Mühe gab, von Anfang an distanziert zu sein, das fragte ich mich an dem Abend auch.

Eine Bekannte, die mich unerklärlicherweise irgendwie zu bewundern schien, hatte kurz zuvor, ohne es zu wissen, so etwas wie eine Erklärung geliefert: »Du hast irgendwie etwas Geheimnisvolles.«

Aha, habe ich damals gedacht, Introversion wirkt also geheimnisvoll? Wollen Männer denn wirklich Geheimnisse lüften? Oder doch eher etwas anderes?

Aber wahrscheinlich ist die Tatsache, dass ich mich schnell als harte Nuss herausstelle, für die meisten erst mal wirklich ein Ansporn. Sie ziert sich nur ein bisschen, werden sie denken. Wenn sie dann feststellen, dass von *nur* und *bisschen* nicht die Rede sein kann, sind sie natürlich beleidigt. Und frustriert.

»Für dich muss der Traumprinz erst noch gebacken werden, du blöde Ziege!«, hat mich ungefähr zu der Zeit, als ich die Reportage sah, einer angeschrien. Und das, obwohl ich ihm schon ein Jahr zuvor eine Abfuhr erteilt hatte. Aber ich hatte den Fehler gemacht, ihm Freundschaft anzubieten. Und das funktioniert eben nicht, wenn einer mehr will. Die Hoffnungen, die er sich weiterhin machte, stauten sich logischerweise und kamen dann wie aus dem Nichts in Form eines verbalen Ausbruchs mit dazu passendem Türenknallen zum Vorschein. Dabei hatte ich nur sein fürsorgliches Begleitangebot beim Nachhausegehen abgelehnt.

Während ich noch versuche, aus meiner inneren Selbstbeschau aufzutauchen, die Frau Schmittke sicher liebend gern mitbekommen hätte, wird mir klar, dass mit mir also offenbar entweder etwas noch viel Grundlegenderes nicht stimmt als mit allen anderen oder dass ich einfach nur zu blöd bin.

Beides eröffnet keine erfreulichen Aussichten.

In mir fängt plötzlich alles an zu kribbeln, ich kann kaum dem Impuls widerstehen aufzuspringen.

»Ich denke, es war eine sehr ergiebige Runde heute, aus der jeder etwas für sich mitnehmen kann«, höre ich Frau Schmittke sagen.

Als ich aus dem Raum laufe, nehme ich erst mal nur das Kribbeln mit und die Gewissheit, dass ich jetzt mit jemandem reden muss. Ich höre nicht auf Ulla, die mir etwas hinterherruft. Atemlos erreiche ich das Aquarium, mit großen Augen kommt eine Schwester aus dem Hinterzimmer. Es kann sein, dass ich wie Anna bei ihrer Ankunft an die Scheibe gehämmert habe. Aber es ist dringend.

»Ich brauche unbedingt eine Notfallsitzung mit Herrn Kuhlmann«, stoße ich hervor wie eine kaputte Dampflok. »Sagen Sie ihm, es wird endlich spannend.«

Einzeltherapie, Sitzung acht

»Sie haben mich wohl vermisst?«

Kuhlmann sitzt mit in die Hände gestütztem Kopf an seinem Schreibtisch, als ich eintrete, und klimpert mit den Wimpern.

Ich gehe direkt zu meinem angestammten Platz in der Sitzecke und lasse mich auf den Stuhl fallen.

»Selbstverständlich, der Herr«, klimpere ich zurück. »Sie mich aber auch, sonst hätte es ja wohl kaum so schnell mit dem Sondertermin geklappt, so begehrt, wie Sie hier sind.«

Er lacht, klaubt Notizblock und Stifte zusammen und kommt dann zu mir rübergefahren. Während er seine Sachen auf dem Tischchen drapiert, setzt er sein professionelles Therapeutengesicht auf. Dann wird es ernst.

»Also, Frau Berg, worüber reden wir heute?«

Ich sage erst mal gar nichts, weil ich mir dummerweise keinen Plan zurechtgelegt habe. Mein Leib-und-Magen-Seelenklempner kennt das schon und lässt mir Zeit.

»Tanja wurde sexuell missbraucht«, platze ich schließlich heraus.

Kuhlmanns Stirn legt sich in abgrundtiefe bedrohliche Runzeln. »Sie wollen mir jetzt aber nicht erzählen, dass Sie eine Notfallsitzung wollten, um über Frau Richters Probleme zu sprechen?«

Da habe ich doch tatsächlich für meinen Start in die nächste Therapierunde den DAB gewählt, den dümmsten anzunehmenden Beginn. Ich weiß ja, dass Kuhlmann allergisch darauf reagiert, wenn ich von anderen statt von mir rede.

»Nein, nein«, sage ich also rasch, »dadurch ist mir nur etwas klargeworden.«

Dann erzähle ich ihm, worüber ich vorher nachgedacht habe. Dass es kein echter Spaß gewesen ist, als ich schon zu Beginn meinte, dass meine Probleme eigentlich zu nichtig sind, um darüber zu sprechen. Dass ich nicht darüber reden wollte, weil es gar nichts Gravierendes gibt. Mir ist eben kein furchtbares Trauma widerfahren, das meine Verkorkstheit rechtfertigen würde. Bei jemandem wie Tanja ist es doch klar, dass er kaum normal werden kann.

»Was ich erzählen könnte, ist bloß peinlich, weiter nichts«, beende ich meinen Bericht. »Darum habe ich Ihnen noch nichts von meiner ersten Liebe erzählt. Weil es lächerlich ist.«

Kuhlmann sieht mich an, als wollte er mich hypnotisieren.

»Haben Sie mir nicht erzählt, dass Sie sich schon lange für Psychologie interessieren? Und was war noch gleich Ihr Studienfach?«

»Bildungswissenschaften«, antworte ich leicht verwundert. Ich weiß gerade nicht, worauf er hinauswill.

Er nickt. »Eben. Auch da müssten Ihnen doch psychologische Theorien und Erkenntnisse immer wieder über den Weg gelaufen sein. Oder etwa nicht?«

»Doch, natürlich. Klar.« Ich merke, wie Trotz in mir hochsteigen will.

»Dann sollten Sie wissen, dass sich psychische Problematiken, Neurosen, Traumata etc. nicht nach berechtigt und unberechtigt einteilen lassen«, fängt er jetzt an zu dozieren. »Jeder Mensch hat andere genetische und erworbene Voraussetzungen, die beeinflussen, wie er schwierige Situationen erlebt und was er ihnen entgegenzusetzen hat.«

»Resilienz und Vulnerabilität«, haue ich Kuhlmann die Fachbegriffe für psychische Widerstandskraft und die Anfälligkeit für emotionale Verwundungen zwischen zwei Atemzügen um die Ohren. Es fühlt sich an wie das intellektuelle Äquivalent zum Zunge herausstrecken.

»Na bitte, es geht doch.« Kuhlmann ist sichtlich zufrieden. Er hat mich provoziert, ich bin ihm auf den Leim gegangen. Leider kann er so etwas echt gut. »Wenn ein Problem da ist, wenn etwas einen Leidensdruck entstehen lässt, dann ist das ein Fakt. Basta. Und wert, bearbeitet zu werden. Also legen Sie los.«

»Wie bitte? Womit denn?«

Ich tue ahnungslos, um noch ein bisschen Zeit zu schinden. Soll diese Sitzung wirklich mit genau dem Thema enden, das ich die ganze Zeit vermeiden wollte?

Kuhlmann durchschaut mich, da bin ich sicher, spielt aber mit.

»Na, erzählen Sie mir, was Sie bis jetzt zurückgehalten haben. Davon, wie Sie Ihre erste Beziehung erlebt haben.«

Ich sage nichts und inspiziere stattdessen intensiv meine Fingernägel. In einem ist ein kleiner Riss, ich muss später mal die Nagelfeile suchen.

Kuhlmann sackt in seinem Rollstuhl in sich zusammen.

Mit dem Finger deutet er auf sich selbst. »Sehen Sie, wie meine Körperspannung nachlässt? Wegen Ihnen habe ich meine Physiotherapiestunde verlegt. Dafür habe ich doch wohl eine kooperierende Patientin verdient.«

»Das ist Erpressung«, sage ich und ernte nur gleichgültiges Schulterzucken. Also gut. Eigentlich hat er mich eh schon so weit gehabt.

Die Liege an der Wand, die für mich bisher nie in Frage kam, sieht plötzlich sehr verlockend aus. Ich stehe auf.

»Hoffentlich haben Sie den Termin weit genug verschoben«, sage ich. »Das hier könnte nämlich länger dauern.«

Dann lege ich mich hin und fange an.

Langsam zurück auf Los. Schritt acht.

Es ist Oktober. Es ist Kirmes. Jeden Nachmittag um vier oder fünf triffst du ...

Nein. Treffe ich.

Ich treffe mich mit meiner besten Freundin Andrea am Eingang. Dann gehen wir Arm in Arm unzählige Runden. Kirmes ist toll, besonders wenn man fünfzehn ist. Man kann alle Jungs, die man so gut findet oder für die man ein bisschen schwärmt, auf einmal sehen. Deshalb gehen wir auch immer entgegengesetzt zur Laufrichtung der meisten Leute. Außerdem haben wir ein ziemliches Tempo drauf, damit wir unseren Traumtypen möglichst oft begegnen. Wenn es dann allerdings so weit ist, tun wir natürlich so, als würden wir sie gar nicht sehen, schauen aber aus den Augenwinkeln und hoffen, dass sie uns ansprechen oder zumindest einen Kommentar ablassen. Danach haben wir für den Rest der Runde Gesprächsstoff. Hat er geguckt? Hast du die süße neue Frisur gesehen? Wie der gelächelt hat!

Heute haben wir noch keinen unserer derzeitigen Favoriten gesehen, obwohl wir jeweils eine Runde in beide Richtungen gedreht haben. Wir stellen uns erst mal ein bisschen bei den Autoscootern hin. Aus den Boxen dröhnt In The Air Tonight. *Auf der Kirmes hört man Lieder nicht nur, man fühlt sie auch, tief drinnen.*

Rechts neben uns albern zwei Jungen ziemlich heftig herum, schubsen sich gegenseitig und geraten dabei manchmal auf die Fahrbahn. Der eine sieht gut aus. So, wie ich es mag. Groß, dünn, braune Haare. Er schaut rüber, lächelt. Ich gucke weg.

Meine Freundin hat noch nichts bemerkt. Gerade ist eins von den begehrten Stahlgattern, die an den vier Ecken des Autoscooters am Boden befestigt sind, frei geworden.

»Komm, wir setzen uns«, sagt Andrea und zieht mich hinter sich her.

Wir schwingen uns also auf das Gatter. Es ist ganz schön kalt am Hintern, aber es sieht cool aus, wenn man so drauf sitzt.

»Guck mal, wie findest du den?«, frage ich meine Freundin.

»Wen? Den? Geht so. Der andere ist nicht schlecht.«

Der, den ich gut finde, hat den, den meine Freundin gut findet, zu sich herangezogen und spricht mit ihm. Oh, sie kommen rüber! Also gebannt auf die Autoscooter gucken.

Die beiden setzen sich lachend neben uns. So viel Platz ist da nicht mehr, Ärmelkontakt entsteht, es kribbelt.

»Na, auch hier?«, sagt der zweite Junge zu meiner Freundin.

Gut, dass er nicht mich angesprochen hat. Was hätte ich darauf sagen sollen? Einfach nur »Ja« wäre doof gewesen, und »Ja, siehst du doch!« hätte als zickig ausgelegt werden können.

Meine Freundin aber nickt nur kurz und findet blind den passenden Gesprächseinstieg. »Gute Musik, ne?«

Andrea hat schon Erfahrung mit Jungs. In der Grundschule ist sie ziemlich pummelig gewesen, hat dann aber während einer Krankheit viel abgenommen und gleichzeitig einen Wachstumsschub gekriegt. Jetzt ist sie die Dünnere von uns. Und weil sie auch noch blond ist, stehen die Jungs auf sie. Vor einem Jahr, als unsere gemeinsame Freundin Christina und ich bei Andrea übernachtet haben und ihre Eltern aus waren, lungerte ein Junge aus der Pa-

rallelklasse vor dem Kinderzimmerfenster rum. Andrea hat ihn reingelassen, und wir haben alle zusammen ein bisschen rumgealbert. Ich hatte dabei unlogischerweise die ganze Zeit Schiss, dass mein Vater, warum auch immer, plötzlich beschließen könnte, spontan mal vorbeizuschauen.

Irgendwann ist Andrea dann mit dem Jungen in der Küche verschwunden. Mit angehaltenem Atem haben Christina und ich danach gelauscht, was sich dort tat. Schließlich hat sich Christina angeschlichen und um die Ecke geschaut.

»Die knutschen! Andrea liegt halb auf dem Küchentisch und er über ihr! Die sind voll am Knutschen, Mann!«

So ist der Junge dann also Andreas erster Freund geworden. Hat aber nicht lange gehalten. Später habe ich dann erfahren, dass er ursprünglich was von mir gewollt hat.

Die beiden Jungs vom Autoscooter heißen Tim und Marc. Sie sind total cool, Heavy-Metal-Fans. Marc, also der, den ich gut finde, ist schon achtzehn. Drei Jahre älter als ich. Mein Vater ist auch drei Jahre älter als meine Mutter.

»Und was für Musik hörst du so?«, fragt mich Marc.

Im ersten Moment fällt mir nichts, aber auch gar nichts ein.

»Öh ... James Blunt *und, äh,* Ich + Ich, *aber auch* Limp Bizkit *und so, also eigentlich fast alles.«*

Meine Freundin versteht sich bestens mit Tim. Sie haben sich sogar schon ein bisschen geknufft. Die Verabredung für morgen, gleiche Zeit, gleicher Ort, steht.

Am nächsten Tag gehen wir zu viert über die Kirmes. Nach einer Runde auf dem Fliegenden Teppich laufen Andrea und Tim schon Hand in Hand, Marc und ich noch nicht mal nebeneinander.

Auf Marcs Hände habe ich heimlich schon genau geschaut. Die Hände müssen stimmen. Es dürfen keine kleinen Mädchenhände sein, die Nägel nicht zu breit und nicht zu lang. Aber auch keine groben Pranken mit Wurstfingern. Marcs Hände sind leicht bläulich von der Kälte. Das macht sie noch perfekter.

Wir drehen ein paar Runden auf dem Autoscooter. Die Rollen sind klar verteilt. Marc und Tim lassen es zu Scooter krachen, wir Mädchen sind Beifahrerinnen und kreischen und lachen bei jedem Zusammenstoß. Danach laden sie uns zu einer Fahrt auf dem Love Express ein. Marc kennt den Typen, der die Chips einsammelt, und hat von ihm schon gestern einige bekommen.

Der Love Express ist angewandte Physik. Es lässt sich im Laufe der Fahrt, ganz egal, wie sehr man sich festhält, nicht vermeiden, dass die innen Sitzenden auf die außen Sitzenden geschleudert werden. Als ich auf Marc falle, würde ich das eigentlich gerne genießen. Stattdessen habe ich Angst, dass ich zu schwer sein könnte und für dick gehalten werde. Also mache ich mich möglichst leicht, kralle meine Hände in die Stange, die den Wagen verschließt, und versuche, mich ein bisschen von Marc wegzuziehen.

Später schießt Tim Andrea eine Plastikrose und überreicht sie ihr wie ein Gentleman. Dann küssen sie sich. Lange. Marc und ich stehen betreten daneben und verdrehen die Augen.

»Ich muss gehen. Bringst du mich nach Hause, Tim?«, fragt Andrea, als sie endlich fertig sind.

»Na, klar doch! Auf geht's! Bis morgen dann, Marc!« Die beiden sind weg. Einfach so. Pause.

Dann sagt Marc: »Und ich bring dich auch nach Hause, okay?«

Ich freue mich. Und hoffe, dass mein Herz mir nicht aus der Brust springt.

Unterwegs fängt es an zu regnen. Marc zieht seine Jeansjacke aus und hält sie über unsere Köpfe. Innen ist sie mit Lammfellimitat gefüttert.

»Rück näher, ich beiß dich nicht!«, lacht er, und ich rücke näher, und dann sind wir uns so nah wie im Love Express, ohne die Jacke spüre ich sogar seine Körperwärme. Diesmal genieße ich es.

Kurz bevor wir da sind, gesellt sich zu einem angenehm warmen Kribbeln in meinem Bauch ein unangenehm stechendes dazu. Gleich, an der Haustür, wird der Moment kommen, der wie geschaffen ist für den ersten Kuss. Tausende von Filmszenen können das bezeugen, ich habe auf jeden Fall schon ein paar Dutzend davon gesehen. Aber wie im Film verhält sich doch eigentlich kein Mensch.

Im Film wollen Verletzte zurückgelassen werden, legen die Leute auf, ohne tschüs zu sagen, geht niemand je aufs Klo, erzählen die Eltern ihren Kindern dauernd, wie lieb sie sie haben. Und Verliebte neigen in plötzlicher Eingebung immer genau im selben Moment die Köpfe in Zeitlupe zum Kuss zueinander. Ich weiß nicht, wie so was gehen soll, aber Marc ist ja schon achtzehn und hat bestimmt bereits Freundinnen gehabt. Er wird wissen, dass die Haustür ein Ort von Bedeutung ist.

Okay, wir sind da. Mein Atem hört sich in meinem Kopf sehr laut an. Hoffentlich nicht auch außerhalb davon! Ich gehe die beiden Stufen zur Haustür hoch und drehe mich um.

»Das war echt nett von dir, Marc, dass du mich gebracht hast. Auch das mit der Jacke und so«, sage ich.

Und dann passiert es einfach.

»Keine Ursache!« Marc kommt mir nur eine Stufe nach, so dass wir auf Augen-, ach was, auf Kusshöhe sind, und drückt seine leicht geöffneten Lippen auf meine. Es ist ein kurzer Kuss, seine Lippen sind kalt und rau.

»Tschüs, wir seh'n uns!«, sagt er, dreht sich um und geht.

Ich stehe da, benommen. Dann ist plötzlich Energie da. Es sind drei Stockwerke bis nach oben, aber ich lasse sie fliegend in drei Sekunden hinter mir.

Nun sind Marc und ich also zusammen. Mein erster Freund! Am nächsten Tag in der Schule erzähle ich Andrea alles ganz aufgeregt.

»Echt? Na endlich!«, sagt die nur. Für sie ist das längst nichts Besonderes mehr.

Nachmittags treffen wir uns alle in der Fußgängerzone. Ich freue mich so, ihn wiederzusehen! Marc begrüßt mich mit einem Kuss, und dann gehe auch ich endlich mit jemandem Hand in Hand. Was für ein schönes Gefühl das ist.

Wir schlendern eine Weile, dann verlassen wir die City. Die Jungs haben eine Überraschung für uns. Schließlich biegen wir in eine Hofeinfahrt.

»So, wir zeigen euch jetzt mal was! Wir haben einen geilen Clubraum bei einem Kumpel auf dem Hinterhof!«

Der Raum ist groß und ziemlich kahl, ein kleines Fenster lässt nur wenig Licht herein. Aber es gibt so eine Art Bühne, auf der zwei Sofas, zwei Kästen mit Getränken und eine Anlage stehen. Der Kumpel ist auch da, Ole heißt er. Er verteilt Getränke, Cola für die Mädchen, Bier für die Jungs. Andrea und ich setzen uns auf eins von den Sofas. Muffiger Geruch steigt auf.

»Jetzt könnt ihr gleich mal richtig gute Musik hören!«, sagt Tim und legt eine CD ein.

Als kurz darauf Slayer *aus der Anlage dröhnt, flippen die Jungs total aus. Headbangend und Luftgitarre spielend springen sie von der Bühne und rennen durch den ganzen Raum. Es ist lustig, aber natürlich auch unglaublich cool.*

Nach einer halben Stunde können sie nicht mehr, stellen die Musik leiser und setzen sich zu uns. Wir unterhalten uns ein bisschen. Ich weiß ja noch gar nichts von Marc.

»Gehst du eigentlich noch zur Schule?«, frage ich ihn.

»Quatsch. Ich hab doch nur den Abschluss auf der Haupt gemacht. Auf welcher Schule bist'n du, bestimmt Gymi, was?«

»Woher weißt du das denn?«

»Ach, sieht man einfach.«

»Soso. Und was arbeitest du?«

»Tütenkleber in der Fabrik.«

Ups. Ich dachte immer, das wäre eine typische Knastarbeit. Jetzt bin ich ein bisschen geschockt. Aber ich tue trotzdem total interessiert.

»Ach ja? Was denn für Tüten?«

»Mensch, hört doch mal auf zu quatschen!«, ruft Ole und kramt in seiner Tasche. »Guckt mal lieber, was ich hier habe.«

Er hält drei komische Zigaretten in der Hand.

»Geil, Mann, Gras, gib her!« Marc und Tim zünden sich die Joints sofort an.

»Habt ihr das schon mal probiert?«, fragt Tim Andrea und mich. »Wollt ihr mal ziehen?«

Haben wir nicht und wollen wir nicht.

Zu Hause in meinem Schmuckkästchen liegt ein zusammengefalteter Vertrag. Darauf haben Andrea, ich und noch drei weitere Freundinnen unterschrieben, dass wir niemals anfangen wollen zu rauchen, so wie unsere Eltern. Die Fotos von Raucherbeinen und Raucherlungen, die uns in der vierten Klasse ein Lehrer gezeigt hat, haben ihre Wirkung zumindest bei uns nicht verfehlt.

»Wir rauchen ja noch nicht mal normale Zigaretten, da werden wir so ein Zeug erst recht nicht anfassen«, sage ich.

»Wer nicht will, der hat schon!«, meint Marc, und daraufhin brechen alle Jungs in albernes Gelächter aus.

Ich frage mich kurz, ob das so geht, dieses In-die-falschen-Kreise-Abrutschen.

Irgendwas läuft falsch. Wir gehen Hand in Hand, geben uns ein Begrüßungs- und Abschiedsküsschen, das war's dann. Tim und Andrea knutschen dauernd, wir nie, so richtig. Auch jetzt nicht. Wir sitzen bei Andrea zu Hause im Wohnzimmer. Ihre Eltern sind nicht da, werden auch vorläufig nicht wiederkommen. Wir haben die Rollläden runtergelassen, es ist also stockdunkel. Es läuft Manowar *in mittlerer Lautstärke.*

Das Sofa ist groß. Die rechte Seite haben Tim und Andrea eingenommen, Marc und ich sitzen links. Jetzt wird er mich bestimmt gleich küssen, denke ich. Und streicheln. Im Dunkeln ist gut munkeln, sagt man doch so, oder nicht?

Wir sitzen aneinandergeschmiegt, Marc liegt halb, sein Kopf ruht auf meinem Busen. »Gemütlich, so 'ne Titte«, sagt er mir ins Ohr. Ich mag dieses Wort nicht, und ich mag es nicht, dass mein Freund es benutzt.

Wir bleiben die ganze Zeit so. Ich fahre ein bisschen mit der Hand durch Marcs Haar, mehr passiert nicht. Andrea und Tim befummeln sich, so viel ist klar.

Zwischendurch knipst Andrea immer wieder mal die Stehlampe an, die an ihrer Ecke des Sofas steht. Beim dritten Mal meckert sie: »Mann, nie erwischt man euch beim Knutschen!«

Wir lachen. Aber mir ist ganz mulmig zumute.

Irgendwann müssen die Jungs dann gehen. Wir stehen im Flur. Andrea und Tim geben sich einen langen Zungenkuss, und es ist klar, dass sie von uns auch einen erwarten. Marc weiß das auch, das sehe ich ihm an.

Ich hätte mir das eigentlich anders vorgestellt, nicht so, vor Beobachtern. Aber da muss ich jetzt wohl durch. Marc beugt seinen Kopf zu mir runter, seine Lippen nähern sich, ich öffne den Mund und schließe die Augen. Unsere Lippen treffen sich nicht, Marc hat den Mund viel weiter auf als ich. Also öffne ich meinen auch noch mehr und spüre plötzlich seine kühle Zunge. Ich strecke ihm meine auch ein bisschen entgegen, zu wenig vielleicht, aber vielleicht auch zu viel, verdammt, wie geht das denn?

Ich öffne meine Augen und sehe hinter Marcs Schulter Andrea und Tim grinsen. Ich ziehe den Kopf zurück. Mein erster Zungenkuss ist vorbei. Schön war er nicht.

Zwei Tage später erzählt Andrea mir lächelnd: »Du, der Tim hat mir gesagt, dass der Marc ihm erzählt hat, du könntest überhaupt nicht küssen.«

Diese blöde Kuh. Hätte mir das jemand über meine beste Freundin gesagt, ich hätte es ihr bestimmt nicht unter die Nase gerieben.

»Ist einer davon dein Freund?«, fragt mein Vater mich jetzt, und seine Augen sind kalte schwarze Steine, die mich augenblicklich zerschmettern.

In den letzten Wochen war er viel auf Dienstreise und hat nichts mitbekommen, aber vorhin hat er uns zu fünft auf der Straße gesehen. Zum Glück haben wir da gerade nicht Händchen gehalten. Ich könnte jetzt also lügen, so wie Mama, wenn Papa für mehrere Tage beruflich unterwegs ist.

Abends kommt dann ihre Freundin Ingrid vorbei. Die beiden trinken Kaffee und unterhalten sich. So sieht es zumindest aus. In Wirklichkeit aber überbrücken sie die Zeit bis zum allabendlichen Anruf meines Vaters. Danach geht es nämlich in die Disco. Sie wollen nur mal ein bisschen tanzen, sonst nichts, hat Mama mir erklärt. Aber Papa würde das ja nicht verstehen.

Wenn sie weg sind, sitze ich in meinem Zimmer und mache mir vor, ich würde lesen oder lernen. Dabei lausche ich die ganze Zeit ängstlich darauf, ob das Telefon noch einmal klingelt, weil Papa irgendwas zu sagen vergessen hat.

Ja, eine Lüge wäre das einzig Richtige. Aber ich sage: »Ja, ich habe jetzt auch einen Freund, Papa.«

Seine Miene versteinert sich. »Wenn ihr euch das nächste Mal trefft, machst du Schluss.«

Papa steht auf und verlässt den Raum.

»Mein Vater hat von mir verlangt, dass ich Schluss mache.«

Wir sind bei Marc in der Wohnung. Eigentlich ist es die Wohnung seiner Mutter, aber die ist nur ganz selten da, sie ist wohl immer bei ihrem Freund. Andrea und Tim sind in der Küche, Marc und ich sitzen im Wohnzimmer. Schon die ganze Zeit habe ich bang auf eine Gelegenheit gewartet.

»Na und, ist doch scheißegal, was der sagt. Da kümmern wir uns nicht drum.«

Für ihn ist Rebellion normal. Marc kennt das Gefühl nicht, dass Aufbegehren nicht in Frage kommt. Ich versuche nicht, mich ihm zu erklären. Er würde mich sowieso nicht verstehen.

»Okay«, sage ich nur.

Ich habe ihn auch noch nicht zur Rede gestellt wegen dem, was er über mich und meine mangelnden Kussfertigkeiten getratscht hat.

Ich glaube, ich wäre fast froh gewesen, wenn er gesagt hätte: »Na gut. Dann ist halt Schluss.«

»Und? Hast du es beendet?« Die Glut in den Augen meines Vaters versengt die Härchen auf meiner Haut.

Inzwischen bin ich schlauer. Heute kommt die Lüge über meine Lippen.

»Ja, habe ich.«

Mir ist ganz heiß, hoffentlich bin ich nicht ganz rot vor Scham geworden.

»Gut«, sagt Papa nur. Es hört sich aber nicht gut an, so, wie er es sagt. Aber er nimmt seine Zeitung wieder auf und liest. Für ihn ist die ganze Sache erledigt.

Für mich noch nicht.

Wir hätten tatsächlich genauso gut gleich Schluss machen können. Erstens habe ich jedes Mal, wenn wir uns treffen, ein schlechtes Gewissen und mörderisches Bauchgrummeln die ganze Zeit. Zweitens ist mein Vater immer noch misstrauisch, und ich muss neuerdings wieder um sechs Uhr abends zu Hause sein. Mit fünfzehn! Natürlich muss ich nach der Schule auch erst Hausaufgaben machen, so dass ich vor vier Uhr gar nicht loskomme. Und selbst darum muss ich noch kämpfen.

Mama kann wenig dagegen ausrichten. Aber weder Marc noch sonst wer versteht das.

»Bleib doch einfach noch!«, sagt Marc, sagen sie alle. »Schleich dich doch einfach raus!«

Die haben gut reden.

Drittens zweifle ich sowieso längst an dem, was sich meine erste Beziehung schimpft. Oder besser gesagt an der Person, in die ich mich da verliebt habe.

Marc findet es lustig, aus heiterem Himmel Omas anzuspringen. Wenn sie dann erschrocken zusammenzucken oder sogar aufschreien, lacht er sich kaputt. Vorgestern hat er einem Behinderten »Hinkebein!« hinterhergerufen. Ich habe ihn angeschrien und mich noch Stunden später stellvertretend für ihn geschämt.

So etwas wie Empathie hat er wohl nie gelernt. Vielleicht, weil sich früher auch nie jemand in ihn eingefühlt hat. Dass ich daran mit meiner Liebe etwas ändern könnte, das war so eine romantische Verklärung, der ich am Anfang noch aufgesessen bin. Doch ein bisschen was habe ich inzwischen schon ge-

lernt. Schmecken eigentlich alle Liebeslektionen ausschließlich bitter?

Wir sind wieder bei Marc. Mama, die es gut meint und mich heute heimlich gehen ließ, weil Papa erst spät heimkommt, hat mir einen Frischhaltebeutel mit selbstgemachtem Spritzgebäck mitgegeben. Umarmt habe ich sie für diese kleine Geste, die ohne Worte sagte: »Wir müssen doch zusammenhalten.«

Jetzt stehe ich in der Küche und lasse Wasser im Boiler heiß werden, um uns einen Kaffee zu den Keksen zu machen. Aus dem Wohnzimmer kommen Gelächter und Tumult. Das Wasser braucht noch eine Weile, also gehe ich nachschauen.

Marc und Tim springen kreischend auf dem Spritzgebäckbeutel herum. Nichts als Krümel sind übrig. Sie finden es ungeheuer witzig. »Hier, deine Plätzchen können wir jetzt löffeln!«

Marc hält mir den Beutel vor die Nase. »Oder noch besser durch die Nase ziehen!«

»Du Arsch!« Mit einem Ball aus Wut im Bauch, der sich besser anfühlt als die Angst, die Unruhe, die da sonst ständig sitzt, renne ich in die Küche. Es ist doch nicht zu fassen! Dabei habe ich gedacht, er würde das Mitbringsel vielleicht zu schätzen wissen, weil ihm doch sonst niemand Plätzchen macht. »Er ist etwas Gutes so wenig gewohnt, dass er es nicht annehmen kann, weil er unbewusst denkt, er habe es nicht verdient«, sagt die Psychotante in mir. Ich habe schon ein bisschen Freud gelesen und noch mehr populärwissenschaftliche Sendungen über Psychologie im Fernsehen gesehen. Keine Ahnung, warum, aber ich finde das unheimlich interessant. Aber jetzt will ich davon nichts wissen. Jetzt will ich mich rächen.

Der Kaffee ist fertig. Ich gieße ein und kippe den Inhalt des Salzstreuers in Marcs Tasse. Als ich mit dem Tablett ins Wohnzimmer komme, kichern alle immer noch.

Dann nimmt Marc einen Schluck von seinem Kaffee, und es hat sich ausgelacht. Er springt auf, läuft mit der Hand vor dem Mund auf die Toilette. So etwas findet er gar nicht lustig, das macht er deutlich klar, als er wiederkommt.

»Für dich«, sagt mein Vater mit finsterer Miene.

Marc ist am anderen Ende der Leitung. Er weiß, dass er mich abends nicht anrufen soll. Es wundert mich, dass mein Vater nicht gleich aufgelegt hat.

»Wir wollen uns bei Tim einen Film ansehen, was ist, kommst du?«, fragt Marc.

Wie kann er hier anrufen, meinen Vater am Telefon haben und dann noch glauben, dass der mich jetzt gleich einfach so gehen lassen wird?

»Geht nicht. Ich kann nicht«, sage ich gepresst. Ich weiß, mein Vater steht um die Ecke und hört zu.

Marc begreift natürlich nichts. »Meine Fresse, warum denn nicht, was ist denn jetzt schon wieder?«

So leise wie möglich sage ich: »Ich würde sowieso nicht dürfen, das weißt du doch!«

»Boah, dann hau doch einfach ab, Mann!«

Dieser Idiot. Mir reicht's.

»Das kann ich nicht, das weißt du genau. Und ich kann jetzt auch nicht länger diskutieren!«

Ich lege einfach auf. Fünf Sekunden später klingelt das Telefon wieder.

»Weißt du was, du kannst mich langsam mal am Arsch lecken!«, schreit Marc in den Hörer, noch bevor ich mich gemeldet habe. »Schluss, aus, Ende! Du dumme Kuh bist es doch überhaupt nicht wert!«

Es klickt in der Leitung, als er auflegt. Es klickt, als ich ver-

suche zu schlucken. Seine Worte haben meinen Hals zugeschnürt. Betäubt starre ich das Telefon an. Das war's dann also, aus und vorbei.

Schon eine tolle Sache, so eine erste Liebe.

Nach meiner Beichte bei Kuhlmann bin ich ziemlich durch den Wind. Die kommenden Tage ziehe ich mich noch einmal richtig in mich zurück und gehe die Zeit damals in Gedanken wieder und wieder durch. In der nächsten Sitzung werden wir alles noch gründlich nachbereiten.

Auf der Station geht das Leben weiter wie gehabt, alle machen kleine Schritte vor und zurück und hoffen, dass der letzte aller Schritte der nach vorn sein wird.

Tanja hat wieder einen neuen Freund und berichtet jeden Abend ausführlich, aber ich stelle meine Ohren auf Durchzug und kriege es irgendwie hin, an den richtigen Stellen »oh« und »ah« und »ach« und »toll« zu sagen, ohne dass sie etwas merkt.

Außerdem ist Anna wieder zurück, ich habe es erst gar nicht mitbekommen. Fast hätte ich sie nicht erkannt, denn die Medikamentenhämmer, die sie offenbar bekommt, haben die charakteristische Energie aus ihren Bewegungen und ihren Augen genommen. Sie schlurft über den Flur wie ein Zombie, die Schminke ungenau aufgetragen, als hätte ihr eine Dreijährige die Hand geführt, und wenn sie spricht, lallt sie so sehr, dass man kaum etwas verstehen kann.

Heute verlasse ich mein Zimmer, um Hülya zu fragen, wie es ihr geht. Sie freut sich tatsächlich, mich zu sehen.

»Lea, wie schön, dass du mich besuchst!« Ich werde umarmt und auf die Wange geküsst. »Ich habe mich gar nicht an dich rangetraut die letzten Tage!«

»War auch besser so, glaub mir«, sage ich.

Wir setzen uns aufs Bett. Hülya trägt ein leichtes Sommerkleid mit blauen Kornblumen darauf und Korksandaletten. Sie hat ihre Fingernägel wachsen lassen und passend zum Kleid lackiert.

»Du hast dich inzwischen gut in die Frauenrolle eingelebt, oder?«, frage ich, bevor sie etwas fragen kann. »Meinst du, du wirst das draußen so weitermachen?«

Mit einem Seufzer lässt sie sich nach hinten fallen. »Ach, ich glaube, da bin ich noch weit von entfernt.«

Wie eine Synchronschwimmerin mit schlechtem Timing sinke ich nun auch aufs Bett. »Und deine Eltern? Sagst du es ihnen?«

»Ach, meine Eltern sind gar nicht strenggläubig, sondern eigentlich sehr liberal und weltoffen. Aber trotzdem kann ich es mir einfach nicht vorstellen, dass ich es bei ihnen je über die Lippen bringe.«

Da fällt mir etwas ein. »Was denken deine Eltern denn eigentlich, weswegen du hier bist?«

»Die denken, es wäre wegen meiner Schüchternheit.«

Hülya greift zum Nachttisch, reißt eine Packung *Oreo*-Kekse auf und bietet mir einen an. Neben Zigaretten und Kaffee gehen Kekse ebenfalls immer in der Psychiatrie. Ich nehme einen, denn die körperlichen Symptome meines Rückfalls haben sich mit meiner Beichte rasch erledigt. Somit steht nichts im Wege, diese kleine Sünde auf die gesetzlich vorgeschriebene Weise zu essen. Ich kann eh noch ein paar Pfunde vertragen, obwohl ich mich so langsam wieder meinem Idealgewicht annähere. Vorsichtig drehe ich also die eine Kekshälfte von der Füllung ab, lecke einmal an der weißen Creme, pappe alles wieder zusammen und beiße genüsslich hinein.

»Zuerst muss ich einfach zu Hause ausziehen, so dass ich erst mal in meinen eigenen vier Wänden eine Frau sein kann. Für den Rest muss ich erst noch ein paar Tonnen Mut ansammeln.«

»Gute Idee, ist doch ein Anfang.«

Hülya kennt das *Oreo*-Gesetz ebenfalls. Eine kurze Pause tritt ein, während wir beide kauen. Ein Glas Milch fehlt ziemlich eindeutig. Dieses Gesetz haben wir gebrochen.

»Und du?«, fragt Hülya dann. »Du steckst gerade in einer kritischen Phase, hm?«

Ich will jetzt eigentlich nicht darüber reden, also nicke ich bloß und nehme noch einen Keks. Als gute Freundin begreift Hülya und fragt nicht weiter.

»Mit Anna ist es gerade ganz schlimm«, erzählt sie stattdessen. »Ich versuche ja, ein bisschen auf sie aufzupassen. Im Moment ist sie wie ein Baby. Sie lief schon ein paarmal mit nassem Hinterteil auf der Station herum.«

Ich bin schockiert, dass es so schlimm ist. Weil ich so sehr mit mir beschäftigt war, habe ich nichts davon mitbekommen. »Sie macht sich in die Hose?«

Hülya setzt sich wieder auf. »Leider ja. Ich habe mit der Stationsschwester gesprochen, dass sie ein paar Windeln besorgt. Das hättest du mal sehen müssen, wie schwer es dann war, Anna in eine reinzukriegen.«

Rasch erhebe ich mich ebenfalls und lege den Arm um

sie. »Finde ich wirklich toll, dass du dich so um sie kümmerst.«

»Ach was.« Hülya winkt ab. »Sie hat schließlich auch so viel für mich getan, das ist doch selbstverständlich. Inzwischen wird ihre Cocktail-Dosis aus Haloperidol und Lithium schon wieder herabgesetzt, ich hoffe, sie ist bald wieder die Alte.« Einen Moment lang herrscht betretenes Schweigen, doch dann hellt sich Hülyas Miene wieder auf. »Ach, übrigens, der Umstylingtermin steht, das hatte Anna noch organisiert, bevor es ihr schlechterging. Ihr müsst alle mitkommen, ihr habt es versprochen.«

Da hat Anna das also tatsächlich wahr gemacht. Ich hatte es inzwischen schon wieder völlig vergessen. Aber natürlich werde ich mein Versprechen halten.

»Na klar«, sage ich also. »Wann ist es denn so weit?«

»Och, ist noch ein bisschen hin. Übernächsten Samstag.«

Ich muss sagen, das ist mir nicht gerade unrecht.

Und dann ist plötzlich der Tag da, an dem Ulla entlassen wird. Meine engste Vertraute hier, auch wenn ich sie sicher nicht so nah an mich herangelassen habe, wie sie es gern gewollt hätte.

Wir stehen draußen vor unserem Haus. Ullas Mann ist gekommen, um sie abzuholen, und jetzt hält er ihre Tasche in der Hand und schaut betreten zu, wie wir uns umarmen und gar nicht mehr loslassen wollen. Dabei bin ich doch eigentlich gar nicht so sentimental. Oder vielleicht doch. Vielleicht wusste ich es bisher nur nicht.

Ulla drückt mir einen Zettel in die Hand. »Meine Festnetz- und meine Handynummer, meine Post- und meine

Mailadresse. Melde dich, wenn was ist, und auch, wenn nichts ist, ja? Bald bist du auch raus hier, dann besuchst du mich mal, hörst du?« Ihre Augen sind gerötet.

»Auf jeden Fall!«, schniefe ich. »Oder wir treffen uns am Alsterpavillon. Gutes Essen, großer Platz – zwei Fliegen, eine Klappe, weißt schon.«

Wir lachen und wischen uns die Tränen aus den Augenwinkeln. Dann nimmt Ullas Mann sie bei der Hand. Noch einmal winken, dann sind sie weg.

Ich bleibe noch eine Weile draußen stehen, damit die Schwellung meiner Augen abklingen kann und sie drinnen nichts merken. In der Hosentasche stoßen meine Finger auf Papier. Der Zettel, den Ulla mir gegeben hat. Ich hole ihn heraus und lese.

Da steht mehr, als Ulla gesagt hat. *Der Ben ist ein Toller. Er hat mich immer wieder gefragt, wie es dir geht. Halt ihn fest!* ist in energischer Druckschrift an den unteren Rand geschrieben. Und daneben: *Du schaffst das!!!*

Die Gute. Wenn es nur so einfach wäre. Ich wüsste auch gar nicht, wie ich ihm nach meinem Ausbruch überhaupt noch gegenübertreten könnte. Der Zettel landet wieder in der Hosentasche.

Blöd. Jetzt muss ich noch ein wenig länger hier draußen herumstehen.

Ich drehe eine Runde ums Haus und versuche, meine Gedanken dabei auszuschalten. Dann atme ich ein paarmal durch und gehe rein. Und wer steht ausgerechnet wie zufällig neben dem Eingang? Der tolle Ben. Er weiß, was Ulla hier für mich war. Und so hat er sich trotz meiner unmöglichen Unmöglichkeit jetzt hier hingestellt, um zu sehen, ob es mir gutgeht. Hat geduldig gewartet, bis ich wiederkomme. Ich muss kein Hellseher sein, um das zu erkennen. In seinen Augen ist die Besorgnis deutlich zu sehen.

Ich überlege noch, was ich sagen soll, denn ich will, ich kann ihn nicht einfach so stehenlassen, aber selbst dabei kommt er mir zuvor.

»Sie ist weg, hm?«

»Ja, sie ist weg«, antworte ich kleinlaut.

»Traurig?«

»Mhm.«

Gemeinsam schlendern wir den Flur entlang. Garantiert keine Perlen der Rhetorik, was wir da abgesondert haben, aber ich bin so froh, dass wir wieder miteinander sprechen.

»Du, Lea«, sagt Ben schließlich, »bei den Büchern, die ich letztens aus dem Laden geholt habe, ist eines dabei, das dir ganz bestimmt gefallen wird. Es hat ein ähnliches Thema wie *Smilla*. Ich bringe es dir gern später vorbei.«

Es ist so offensichtlich, dass er mich aufmuntern will, dass ich schon wieder heulen könnte. Aber ich reiße mich zusammen. »Klar, gern.«

Vor der Tür zum Gemeinschaftsraum bleiben wir stehen.

»Okay, das mache ich dann heute Abend. Jetzt gleich habe ich Einzel, muss noch kurz aufs Zimmer. Bist du denn in Ordnung so weit?«

»Ja doch. Ich setz mich noch ein bisschen zu Tanja. Dann habe ich Wahrnehmungslenkung. Alles gut.«

Ben zögert immer noch. Was gut ist, denn ich muss ihm noch etwas sagen.

»Wegen letztens.« Ich räuspere mich. Aber da ist nichts in meinem Hals. Nur in meinem Bauch. »Ich war total gemein zu dir. Es tut mir leid, was ich alles gesagt habe. Nichts davon stimmt oder war so gemeint.«

»Weiß ich doch«, sagt er und nestelt an seiner Jacke. »Ist schon vergessen.«

»Soso. Sagt einer, der ein fotografisches Gedächtnis hat und nach Jahren noch einwandfrei zitieren kann.«

Wir lachen ein bisschen, und ich fühle mich ganz befreit.

Weil Ben dann immer noch stehen bleibt, mache ich lächelnd wegscheuchende Handbewegungen. »Nun geh schon!«

»Na gut. Bis später dann!«

Er ist erst ein paar Schritte weit gekommen, da rufe ich ihm hinterher. »Ben?«

Er dreht sich um. »Ja?«

»Weißt du was«, sage ich, ohne selbst genau zu wissen, was jetzt kommen wird, »du bist ein Toller.«

Hilfe, was mache ich denn da?

»Sagt Ulla«, schiebe ich rasch noch hinterher.

Nein, das ist auch nicht gut.

»Und sie hat recht, finde ich.«

Jetzt ist es raus.

Obwohl Ben sich rasch wieder zum Gehen wendet, sehe ich noch, wie er rot wird.

Ich weiß wirklich und überhaupt nicht, was in mich gefahren ist. Mit rasendem Herzen bleibe ich noch eine Weile im Türrahmen stehen, obwohl Tanja mich von drinnen schon entdeckt und gerufen hat. Es könnte nämlich gut sein, dass meine Puddingbeine mich nicht tragen.

Einzeltherapie, Sitzung neun

»Sie hatten doch ein größeres Päckchen zu tragen, als Sie mich glauben machen wollten«, leitet Kuhlmann unsere Nachbesprechung ein. »Psychische Gewalt ist ebenso grausam wie physische, das muss man nicht runterspielen. Bei Ihnen kam noch die Selbstverunsicherung der Pubertät hinzu, die ungünstige Peergroup, und noch dazu eine angeborene oder schon früher erworbene Schüchternheit.«

Vermutlich soll es mich aufheitern, dass meine Nichtprobleme doch echte Probleme sind. So richtig klappt das unerstaunlicherweise nicht. Eigentlich habe ich es ja schon immer gewusst, irgendwie. So gut funktioniert Verdrängung nämlich auch nicht. Was man weit wegschiebt, ist immer noch da. Ein Therapeut hilft bloß dabei, das zu tun, was man selbst vermeidet, weil es eben weh tut: alles wieder ans Tageslicht zu zerren, damit man es sich dort noch einmal ganz genau angucken und dann wegschmeißen kann. Oder wenigstens in eine Truhe packen, die mitten im Wohnzimmer steht, die man täglich sieht und von der man zwar immer genau weiß, dass sie existiert, die aber nur noch ein Möbelstück ist, nichts weiter.

Kuhlmann jedenfalls hat seinen Job bisher wohl echt gut gemacht. Inzwischen habe ich ja nicht nur vollends aufgemacht, sondern ganz offensichtlich sogar die Lust an Metaphern von ihm übernommen.

»Ihnen wurde psychisch jahrelang die Luft abgeschnürt, jahrelang haben Sie alles, ach was, Sie haben sich selbst runtergeschluckt und verleugnet«, redet Kuhlmann weiter. »Es ist kein Wunder, dass sich das letztlich in einer Symptombildung wie dieser geäußert hat. Wissen Sie, was ich meine?«

Ich muss ein bisschen überlegen, aber dann komme ich drauf.

»Sie meinen, die Symptome haben mein eigentliches Problem gekonnt verschleiert. Und gleichzeitig wurde ich in trügerischer Sicherheit gewiegt, denn die Angst vor dem Ersticken hatte ich durch das Nichtessen einigermaßen unter Kontrolle, während ich bei meinem wahren Problem total ahnungslos war, wie ich es lösen sollte.«

Kuhlmann nickt. »Ganz genau.«

Die Psyche ist schon ein seltsames Ding. Und dann steckt sie auch noch mit dem Körper unter einer Decke.

»Mir schimmert auch durch«, redet Kuhlmann weiter, »dass Sie in einer recht kalten Atmosphäre aufgewachsen sind. Liege ich da richtig?«

An diesem Punkt, finde ich, ist der Zeitpunkt gekommen, mich wieder auf die Couch zu legen. Als ich einigermaßen bequem liege, erzähle ich Kuhlmann, dass bei uns zu Hause sogar regelmäßig eine Eiszeit ausgebrochen ist.

»Wenn meine Eltern sich gestritten haben, und das geschah oft, dann wurde es richtig laut. Aber schlimmer war das Schweigen danach. Manchmal haben sie eine ganze Woche nicht miteinander gesprochen. Und komischerweise hat mein Vater auch mit mir dann nicht richtig gesprochen. Sie können sich vorstellen, wie es war, in diesem Schweigen am Tisch zu sitzen und zu essen.«

Aber Kuhlmann ist Therapeut, er stellt sich natürlich nichts vor, er fragt nach. »Nun, wie war es denn?«

Es hört sich überzogen an, was ich jetzt sage, aber angefühlt hat es sich tatsächlich so. »Ein bisschen so wie Sterben.« Ich muss mich räuspern. Es kratzt im Hals.

Auch jetzt bleibt Kuhlmann Therapeut. Er sagt mir nicht, ich würde übertreiben, er sagt nicht, ich solle mich nicht so anstellen. Er sagt: »Die Eltern so zu erleben, ist eine große Belastung für ein Kind.«

Aber ich kann sogar noch eins drauflegen. »Ich habe auch nie gesehen, dass sie sich mal einen Kuss gegeben hätten oder Hand in Hand gegangen wären, wenn wir einen Spaziergang gemacht haben. Und das hat mich so verdreht, dass ich dachte, es müsste überall so sein. Einmal war ich bei einer Freundin, wo die Eltern sehr aufmerksam und liebevoll miteinander umgingen. Da habe ich gedacht, sie würden sicher nur etwas vorspielen, solange ich da war, und sobald ich nach Hause gegangen wäre, würde es so sein wie bei uns. Auch bei anderen Eltern habe ich das gedacht. Wahrscheinlich, weil meine das auch so gemacht haben. Wenn wir die Eltern meiner Mutter besucht haben, zum Beispiel. Dann haben sie zumindest normal miteinander geredet.«

Kuhlmann beugt sich vor, näher zu mir. »Arme kleine Lea von damals, das war so schwer auszuhalten für sie.«

Ich denke zuerst nur, der spinnt doch, was soll das? Aber dann schießen mir die Tränen in die Augen. Ich sehe mich, wie ich damals war, und fühle die Gefühle, die damals in mir waren. Sie sind ja selbst jetzt noch schwer auszuhalten. Ich greife mir die Decke, die über der Sofalehne liegt, und ziehe sie mir bis über Mund und Nase hoch, presse sie mir regelrecht auf das Gesicht. Die unkontrollierten Schluchzer, die ich von mir gebe, dämpft das leider nur unwesentlich. Aber ich kann gerade nicht anders.

Kuhlmann lässt mich in Ruhe, er sitzt nur da und wartet, bis ich meinem früheren Ich genug von dem Mitleid habe zugestehen können, das ihm so lange vorenthalten wurde.

»Wichtig ist jetzt«, sagt er schließlich, als ich mich beruhigt habe, »dass wir noch ein wenig tiefer gehen. Uns die kleine, verunsicherte Lea genauer ansehen. Damals, in der Pubertät, haben Sie angefangen, Ihren Vater zu hassen. Gleichzeitig waren Sie nicht in der Lage, sich ihm zu widersetzen. Und das hat seine Ursache in etwas noch viel Schädlicherem als Wut und Hass.«

Ich spitze die Ohren. »Und das wäre?«

Kuhlmann sieht mich an. »Ambivalenz.«

Daran lässt er mich eine Weile kauen.

»Sie werden Ihren Vater nicht immer als den Aggressor erlebt haben, auch wenn die Beziehung Ihrer Eltern schon früh erkaltet war. Da ist noch mehr. Gibt es etwas, für das Sie sich schuldig fühlen? Wofür die kleine Lea sich schuldig gefühlt hat?«

Hilfe. Heute landet Kuhlmann ja einen Treffer nach dem anderen. Das, was mir jetzt in den Sinn kommt, ist tatsächlich etwas, an das ich schon länger nicht mehr bewusst gedacht habe. Vielleicht funktioniert Verdrängen manchmal ja doch ganz gut. Jetzt aber ploppt es klar und deutlich und unübersehbar wie in einem Pop-up-Fenster vor mir auf.

Ich setze mich hin, ziehe die Decke aber vorsichtshalber wieder hoch bis ans Kinn, so dass ich das Visier jederzeit wieder schließen kann.

»Eigentlich habe ich mich die meiste Zeit wie ein Klotz an dem einen Bein meines Vaters gefühlt. Meine Mutter war der am anderen.«

»Warum?«, will Kuhlmann natürlich wissen.

Also erzähle ich ihm eine erste kleine Geschichte dazu.

Langsam zurück auf Los. Schritt neun.

Übers Wochenende bin ich mit Papa in sein Heimatdorf gefahren. Oma hatte früher einen kleinen Hof mit einer Kuh, einigen Schweinen und Hühnern und einem bescheidenen Feld. Jetzt wohnt sie in einer Altenwohnung.

»Außer Zucker und Salz mussten wir nie etwas im Laden kaufen«, sagt Papa, während wir über einen matschigen Weg entlang des mittlerweile brachliegenden Feldes spazieren. »Es ist eine Schande.«

Der Hof steht jetzt leer. Das kleine Haus, der windschiefe Stall, die Weide mit dem rostigen Tor – sie alle sehen ganz traurig aus.

Papa wollte mir das alles unbedingt zeigen. Einmal waren wir sogar schon hier, alle zusammen, aber da war ich noch zu klein. Ich erinnere mich überhaupt nicht mehr daran.

Mama ist dieses Mal nicht mitgekommen. Sie mag die vielen Insekten auf dem Land nicht, und sowieso kommt sie auch mit Oma nicht gut klar. Also ist sie gleich in Hannover geblieben.

»Hier, das ist das wahre Leben«, sagt Papa. »In ein paar Jahren, da ziehe ich wieder hier hin.«

Er sagt das, als würde es Mama und mich gar nicht geben. Und er hat es schon oft gesagt, auch zu Hause spricht er immer wieder davon. Dabei weiß er doch, dass das für Mama nicht in Frage kommt und dass ich noch fast acht Jahre Schule vor mir habe. Und all meine Freunde sind da, wo wir wohnen.

Wir gehen ein bisschen in der Gegend spazieren, und Papa erzählt von früher. An einer verwilderten Weide machen wir halt. Papa streicht mit einer Hand über den morschen Zaun.

»Hier hat mich ein Nachbar beim Rauchen erwischt. Natürlich keine echte Zigarette. Ich hatte getrocknetes Gras mit ein paar Kräutern in ein Stück Zeitungspapier gerollt. Es gab Riesenärger, weil ich leicht einen Brand hätte auslösen können. Erst bin ich weggelaufen und habe mich im Wald versteckt. Am nächsten Tag trieb mich dann der Hunger reumütig nach Hause. Dort hat mir der Riemen noch eine schöne verspätete Predigt auf meinem Allerwertesten gehalten.«

Armer Papa. Er hatte sich doch bestimmt nichts Böses dabei gedacht. Wollte sich nur mal erwachsen fühlen, so wie ich, wenn ich in meinem Zimmer an einer Kaugummizigarette ziehe und feine Dame spiele.

Wir gehen weiter, einen langen Hang hinauf, und ich gebe mir Mühe, kein bisschen aus der Puste zu wirken. Papa geht schnell, aber ich halte mit und kontrolliere meinen Atem. Es ist schön, mit ihm unterwegs zu sein und ihm zuzuhören.

Er erzählt davon, wie er mit seinen Freunden durch den Wald gestreift ist und nach dem einen Wolf, von dem es hieß, es gebe ihn noch hier, Ausschau gehalten hat. Wie sie dann einmal erschraken und die Beine in die Hand nahmen, als ihnen aus dem Unterholz plötzlich zwei leuchtende Augen entgegenblickten.

»Wahrscheinlich war es nur eine Katze oder ein Dachs, deren Augen das Sonnenlicht reflektierten, aber damals waren wir sicher, dass wir ihn gefunden hatten, den letzten verbliebenen Wolf«, sagt Papa.

Am Bach erklärt er mir, wie er mit einer selbstgebauten Angel

Fische fürs Abendessen gefangen hat. Sogar für Vögel hat er sich eine Falle ausgedacht.

»Ich habe einen Kochtopf genommen und ihn mit einem Zweig, an den ich ein Stück Schnur gebunden hatte, aufgestellt. Darunter kam dann der dickste Regenwurm, den ich vorher hatte finden können. Dann musste ich nur noch warten. Es hat immer geklappt.«

Ich überlege, ob sie die Vögel wohl auch gegessen haben, aber als ich mich endlich zu fragen traue, lacht Papa nur.

»Nicht doch. Das war nur ein Spiel. Ein paar Stunden später habe ich sie wieder fliegen lassen.«

Eine Weile gehen wir schweigend weiter, und ich merke, dass ich schon verstehen kann, dass Papa hier gern wieder hinwill. Aber warum nur ist er denn überhaupt erst weggegangen? Kurz stelle ich mir vor, meine Eltern hätten sich nie getroffen. Dann würde es mich gar nicht geben. Oder anders. Als Kind von einem anderen Papa. Ich wäre ich, aber gleichzeitig auch eine ganz andere. Die Vorstellung macht mich ganz schwindlig.

Schließlich kommen wir an einem knorrigen Baum vorbei, der ganz allein mitten auf einer Wiese steht. Solitärbaum nennt man das. Es ist nicht lange her, da haben wir darüber in Bio gesprochen. Papa geht suchend um den Baum herum, dann lächelt er und zeigt auf einen dicken Ast.

»Früher bin ich stundenlang in diesem Baum herumgeklettert. Und zum Schluss bin ich immer von genau diesem Ast hier heruntergesprungen.«

Der Ast ist noch ein gutes Stück höher, als Papa groß ist. Da war er früher aber ganz schön mutig.

»Einmal bin ich abgesprungen und habe mir den nackten Fuß dabei im wahrsten Sinne des Wortes besohlt. Genau in die Nägel rein. Weiß Gott, wie die alte Sohle da hingekommen ist. Deine Oma musste sie mit der Zange herausziehen.«

Ich bekomme Gänsehaut, wenn ich mir das nur vorstelle. Das muss ja furchtbar weh getan haben!

»Den Fuß hätten sie mir fast abnehmen müssen«, erzählt Papa weiter, »weil er sich entzündet hat. Aber die alte Kräutermaja hat ihn dann zum Glück mit ihrer Geheimpaste noch hingekriegt.«

Ja, er hat schon viel erlebt hier, mein Papa. Und seine Augen leuchten beim Erzählen, selbst wenn er von etwas spricht, das gar nicht schön war.

Papa, der sich sonst meistens so weit weg anfühlt, ist heute ganz nah. Plötzlich ist mir, als hätte jemand einen Stein auf meine Brust gelegt. Mein armer Papa. Es tut mir leid, dass er nicht dort hinkann, wo er hinwill. Dass er bei uns bleiben muss. Vorerst jedenfalls.

»Tanja, du kannst so nicht weitermachen, versteh das doch endlich!«

Gerade habe ich mit mäßigem Erfolg versucht, eine vorläufige Gliederung für meine Doktorarbeit zu erstellen, aber seit es in der Therapie so richtig zur Sache geht, kann ich mich kaum mehr auf etwas anderes konzentrieren. Ich muss es wohl akzeptieren, alles auf einmal geht nicht. Aber jetzt Tanja wieder. Wenn ich nicht schon verrückt wäre, würde sie mich wahnsinnig machen. Schon wieder hat sie ihre Sportklamotten angezogen, um joggen zu gehen. Dabei darf sie das nicht. Sie hat hier noch kein Gramm zugenommen, stattdessen wirkt sie auf mich so, als hätte sie sogar weiter abgenommen.

Tanja reagiert gewohnt trotzig. »Misch dich nicht ein, Lea, das ist schließlich meine Sache.«

Ich werde wütend. Im Gegensatz zu Fettsüchtigen, die doch einfach mal mit Fressen aufhören sollen, werden die Magersüchtigen immer mit Samthandschuhen angefasst, weil sie ja so zerbrechlich wirken. Aber vielleicht wären deutliche Worte hilfreicher? Ich probiere es einfach mal aus.

»Aha, und ist es denn auch nur deine Sache, wenn du am Wiegetag morgens um vier aufstehst und zwei Stunden im

Bad verbringst? Ich höre doch das Wasser laufen, du trinkst dich voll, damit auf der Waage nicht auffällt, dass du weiter abgenommen hast!«

Es ist nur eine Vermutung, aber mal sehen, ob meine Offensive sie aus der Reserve lockt.

In Tanjas Augen funkelt Zorn. Sie krallt ihre Skeletthand um die Türklinke. »Du phantasierst doch! Und außerdem: Ja, auch das ist meine Sache, und du hältst dich gefälligst da raus!«

Sie reißt die Zimmertür so heftig auf, dass sie fast das Gleichgewicht verliert. Und *rumms*, fällt die Tür mit einem ohrenbetäubenden Knall ins Schloss.

Aus der Reserve locken: ja, notiere ich mir in meine innere Tanja-Akte, irgendwie weiterkommen: nein.

Aber eigentlich will ich mich jetzt nicht weiter mit Tanja beschäftigen, auch wenn ich sie trotz ihrer aufmerksamkeitsheischenden und oft gedankenlosen Art gernhabe. Denn Grund zur Aufregung habe ich auch so genug. Ich gehe ins Bad und lege ein bisschen Wimperntusche auf.

Gleich holt Ben mich ab. Was habe ich für ein Glück, dass er nicht nachtragend ist. Wir verbringen wieder mehr Zeit miteinander. In irgendeinem Zusammenhang habe ich erwähnt, dass ich verlassene alte Gebäude spannend finde, und kürzlich hat er mich gefragt, ob wir vielleicht mal einen Spaziergang zu den ganz alten, ursprünglichen Klinikgebäuden machen und uns da ein bisschen umsehen sollen. Und nun sind wir also genau dazu verabredet.

Gerade will ich raus auf den Flur gehen, da klopft es. Ben ist schon da. Er hat eine große Tragetasche dabei, mag aber vorerst nicht verraten, was drin ist. Seine Jacke hat er auch an, dabei ist es noch einmal richtig warm geworden.

Als wir aus unserem Haus treten, stehen wir direkt im Scheinwerferlicht einer knallheißen Sonne. Sie blendet, vielleicht also muss ich deshalb so blinzeln. Vielleicht aber auch, weil ich nicht glauben kann, was ich da sehe.

Auf dem Weg steht Mannweib, und auf dem Arm hat sie einen Hund, der sich offenbar so freut, sie zu sehen, dass er gar nicht mehr aufhören kann mit Zappeln. Die Leine hält eine Frau neben Mannweib noch in der Hand, während die sich wiederum so freut, ihren – messerscharf kombiniert – Hund wiederzusehen, dass sie nicht mehr aufhören kann, ihn zu herzen. Mannweib mal ganz zart, ist es zu glauben? Als Hund hätte ich bei ihr ja eher so etwas wie einen Mops erwartet, aber nein, es handelt sich um einen filigranen langhaarigen Chihuahua.

Als Ben und ich an den dreien vorbeigehen wollen, fasst sie mich bei der Schulter.

»Guckt doch mal, ist er nicht süß, mein kleiner Power? Ich hab ihn so lange nicht mehr gesehen! Zum Glück passt meine Freundin auf ihn auf!«

Die Freundin nickt uns lächelnd zu, und wir bestätigen, dass der Hund wirklich süß ist.

»Power. Lustiger Name«, sagt Ben.

»Na, weil er doch so quirlig ist«, erklärt Mannweib. »Immer in Action. Und überall will er immer mit dabei sein und nichts verpassen. Nicht wahr, mein Schatzi?«

Ein paar Knutscher landen auf Powers Pfote, Ohr und Rücken. Falls ich das richtig gesehen habe. Er zappelt nämlich immer noch.

Ben grabbelt mit der Hand in einer seiner Taschen rum und wirft mir einen vielsagenden Blick zu. »Darf ich ihm was geben?«

Er holt ein paar Leckerchen aus der Tasche. Ich erkenne sie wieder. Es sind die für Katzen, nicht die für Hunde. Weise Entscheidung. Die anderen würde der Winzling bestimmt überhaupt nicht kleinkriegen.

»Och nein, wie süß, du hast Leckerchen dabei?«, flötet Mannweib. »Aber ja, gib ihm ruhig welche.«

Während der Hund frisst, frage ich mich, ob Mannweib diese weiche Seite immer schon hatte oder ob sie erst neuerdings durch die Therapie ans Tageslicht gekommen ist. Aber Unsinn, natürlich war sie schon immer da. Falls sie sie hier bereits vorher gezeigt hat, ist sie mir ziemlich sicher durch selektive Wahrnehmung verborgen geblieben.

Wir haben uns schon zum Gehen gewendet, da drehe ich mich noch einmal um und tippe Mannweib an. Ich muss da was in Erfahrung bringen.

»Ja?«

»Klingt vielleicht blöd jetzt, aber ich weiß gar nicht, wie du heißt.«

Sie lacht mich tatsächlich an. »Na, Marie!«

Das setzt dem Fass vielleicht so etwas wie die Krone auf, aber ich bin zufrieden. »Okay, schönen Tag euch dreien noch, Marie!«

Ben und ich wenden uns Richtung Osten, auf den Wald zu.

»Siehst du, wie gut ich die Leckerchen brauchen konnte?« Ben kann es sich nicht verkneifen.

Ich muss lachen. »Ja, gut nur, dass du so mitdenkst und auch welche für Katzen hast!«

»Tja, ich hab's ja gesagt!«

Die Vögel zwitschern nahezu ohrenbetäubend, wir hingegen reden bald nicht mehr viel. Einfach nebeneinander herlaufen und schweigen. Mit Ben ist das angenehm.

Unterwegs zieht er sogar seine Jacke aus und trägt sie über dem Arm. Ich möchte wetten, dass sie mindestens fünf Kilo wiegt. Ihm scheint es aber nichts auszumachen, und die Tragetasche will er mich auch nicht übernehmen lassen.

Schließlich stehen wir vor einem großen, mit Bauzäunen eingefassten Gelände. Dahinter sind die ursprünglichen Gebäude der damaligen Landesirrenanstalt versteckt.

»Warum ist das denn abgesperrt?«, will ich wissen. Automatisch gehe ich davon aus, dass Ben es mir erklären kann. Und ich habe recht.

»Ein Teil des alten Geländes wird zur Bebauung freigegeben. Da sollen Wohnungen entstehen.«

»Was? Wird dann alles abgerissen? Stehen die alten Häuser denn nicht unter Denkmalschutz?« So etwas ist ja wieder mal typisch.

»Vor allem geht es um Bauland am Kiwittsmoor, das ziemlich am Rand des Klinikgeländes liegt. Ich weiß nicht genau, ob wirklich alles plattgemacht wird. Der Zaun soll wahrscheinlich vor allem verhindern, dass irgendwer sein Unwesen in den Häusern treibt.«

Ich versuche, durch die Gitter zu spähen, sehe aber kaum etwas. Alles ist dicht bewachsen.

»Was sich allerdings als nutzlos herausgestellt hat. Weswegen wir jetzt nur noch das Leck finden müssen, von dem mein Zimmergenosse so feixend zu berichten wusste«, sagt Ben, läuft den Zaun entlang und hebt jedes Gitter an, um herauszufinden, an welcher Stelle es nicht fest in einem der Sockelfüße aus Beton verankert ist.

Bald wird er fündig, hebt das Zaunelement heraus und schafft uns so eine Lücke. Wir schlüpfen hindurch und kämpfen uns durch das Gestrüpp, das hier, wenn man genau hinsieht, nicht mehr so dicht ist wie an den anderen Stellen. Hier quetschen sich also tatsächlich öfter Leute durch.

Und dann bekomme ich zum ersten Mal in meinem Leben eine Ahnung davon, wie es sein muss, in eine Geisterstadt zu kommen. Verschlungene Wege in einer früher sicher parkähnlichen, jetzt verwilderten Landschaft führen zu kleinen Häuschen, in denen früher nicht mehr als eine Station untergebracht gewesen sein kann. Direkt vor uns duckt sich ein breites rotes Backsteingebäude an den Wegesrand. Der Zahn der Zeit hat schon ordentlich an ihm genagt. Das geht schnell, wenn Häuser leer stehen. Mehrere Fenster und eine der Türen sind vernagelt.

»Wahnsinn«, bringe ich nur heraus, bemerke kurz darauf aber die Ironie meiner Wortwahl. »Huch!«

Ben lacht. »Das war die ehemalige Hauptverwaltung. Lass uns mal näher ran!«

Wir schauen durch ein Fenster. Hinter dem fast undurchdringlichen Grauschleier der Schmutzschicht glauben wir lange Flure zu erahnen.

»Irgendwie unheimlich, oder?«, frage ich. »Wir könnten in diesem Augenblick die Protagonisten eines Horrorfilms sein. Die Szenerie ist doch wie geschaffen dafür!«

Ben mag Horrorfilme genauso gern wie ich, wir haben sogar letztens festgestellt, dass wir dieselben Favoriten haben. Und natürlich weiß Ben, dass ich ein paar entscheidende Punkte vergessen habe.

»Dafür ist es aber eindeutig noch zu hell. Außerdem … Gib mal dein Handy her.«

Ich habe meines inzwischen wieder, Ben hingegen ist von der ganz altmodischen Sorte und hat überhaupt keines. Zumindest nicht mit in die Klinik gebracht. Ich gebe ihm das Telefon, obwohl ich schon ahne, was kommen wird.

Genau. Ben hält es kurz in die Höhe und schaut dann angestrengt darauf. »Ich habe Empfang. Sehr untypisch!«

Wir gehen lachend weiter, dann wird Ben plötzlich ernst.

»Die Geschichte der Anstalt wäre natürlich auch ganz archetypisch für solche Filme.«

»Du meinst wegen der Euthanasie im Zweiten Weltkrieg? Den Deportationen?« Im Vorfeld habe ich mich im Internet über die Geschichte der Klinik informiert.

»Schon, ja, auch. Jetzt gerade habe ich aber daran gedacht, dass hier auch zwölf Kinder getötet wurden. Bei medizinischen Versuchen in der Kinderfachabteilung.«

Mir wird ganz schlecht. »O Gott! Wie können Menschen nur zu so etwas in der Lage sein?«

Ben seufzt und zuckt resigniert mit den Schultern. »Ich schätze, weil Menschen eben Menschen sind. Emerson hat einmal etwas gesagt, was ich für einen guten Rat halte: ›Die Menschen soll man nur in geringen Dosen nehmen.‹ Klingt bitter, ist aber wohl was Wahres dran. Bisher habe ich versucht, mich daran zu halten.«

»Bisher?«

Er nickt nur und gibt leider keine Erklärungen ab.

Nicht weit von der Verwaltung steht die alte Krankenhauskapelle. Ebenfalls roter Backstein, nur viel schöner. Ich bin dankbar, dass mich etwas von dem allzu realen Horror dieses Ortes ablenkt. Zu gern würde ich die Kapelle von innen sehen, rüttle an den Türen, doch sie sind verschlossen.

»Das einzige Haus, das immer offen ist, ist die alte Wäscherei«, sagt Ben und weist auf ein weiteres großes Gebäude. »Es ist wohl auch für die Klinikleitung kein Geheimnis, dass sich Patienten zuweilen hier herumtreiben. Vermutlich wollen sie durch das Offenlassen verhindern, dass in andere Häuser eingebrochen wird. In die Wäscherei, sagt mein Zimmerkumpel, gehen die Leute immer zum, ähm, für ein Schäferstündchen.«

Seine Verschämtheit kann nicht verhindern, dass ich ein flaues Gefühl im Magen bekomme. Hat er mich deswegen hierher gebracht? Weil er Annäherungsversuche machen will?

»Da möchte ich aber nicht rein!«, sage ich schnell.

»Nee, wir machen es uns schön in der Abendsonne gemütlich. Schau mal, da drüben!«

Ich sehe hin und erblicke, erleichtert und beschämt zugleich, einen verwitterten Gartenpavillon, in dem eine Bank steht.

Ben holt ein paar Taschentücher aus seinem Beutel und wischt Staub und Dreck von der Bank, so gut es geht. Als wir uns hingesetzt haben, packt er den Beutel ganz aus und stellt alles zwischen uns.

Zwei Becher und den Traubensaft, den ich so gern mag. Zwei Vanillejoghurts. Käse- und Franzbrötchen. Eine Tafel Cappuccino-Schokolade, meine Lieblingssorte.

»Picknick!«, sagt er, und seine Augen funkeln derart, dass ich kurz wegsehen muss.

Irgendwann finde ich meine Sprache wieder. »Du bist doch verrückt!«

»Gern geschehen!«

Dann trinken und reden und essen wir. Das Essen ist ja inzwischen erneut kein Problem mehr. Kuhlmann erwartet auch keinen weiteren Rückfall.

Ben und ich, wir haben nie über die Inhalte unserer Einzeltherapiegespräche geredet. Eine stillschweigende Übereinkunft, dass es eben auch Dinge gibt, die man besser bei sich behält. Dennoch hat Ben in den letzten Wochen durch meine Ausfälle auf der Station so einiges von mir mitbekommen, und auch ich habe in der Nacht, in der er seine Taschen überprüft hat, einen kleinen Einblick in sein Seelenleben bekommen. Aber ich weiß bisher immer noch gar nichts Genaues über seine Vergangenheit. Er wirkt regelrecht geheimnisvoll.

Heute fasse ich mir ein Herz. »Ben, warum bist du hier?«

»Du meinst wohl den Grund, nicht die Symptome, oder?«

Ich nicke.

Ben legt sein Brötchen weg. »Ich rede da eigentlich außerhalb der Einzel nicht drüber.«

Sofort tut es mir leid, dass ich davon angefangen habe. »Ist schon gut.«

»Warte. Eigentlich ...« Er schaut mich an, die Augen eine Nuance dunkler als sonst. Seine Stimme zittert, als er weiterspricht. »Aber dir möchte ich es erzählen. Schon die ganze Zeit.«

»Oh.« Ich weiß nicht, was ich sagen soll. »Okay.«

Umständlich fischt Ben eine Zigarette aus der Schachtel. Er braucht drei Versuche, bis sie angezündet ist.

»Es ist jetzt dreieinhalb Jahre her. Ich war ein paar Tage vorher erst von zu Hause ausgezogen. In der Nacht ...«

Es dauert eine unendliche Minute, bis er durchatmet und fortfährt.

»In der Nacht gab es ein Feuer. Eine defekte Steckdose im Wohnzimmer. Das Haus ist völlig ausgebrannt.«

O nein. »Deine Familie?«, flüstere ich und habe Angst vor der Antwort.

»Weg. Alle tot. Meine kleine Schwester hat die Feuerwehr noch lebend rausgeholt, aber sie war zu schwer verletzt. Zwei Tage später ist Ina gestorben.«

»O Gott, Ben. Das ist so schrecklich.« Ich will ihm die Hand auf den Arm legen, aber er weicht zurück, rutscht von mir weg. Ist es Zorn oder sind es Tränen, die jetzt in seinen Augen funkeln?

»Sie sind alle tot, verstehst du, Lea?« Er presst die Handballen vor die Stirn. »Und ich war nicht da. Ich hatte das Zimmer direkt neben dem Wohnzimmer. Vielleicht hätte ich das Feuer rechtzeitig bemerkt. Vielleicht hätte ich sie alle retten können, wenn ich nur ein paar Tage später ausgezogen wäre.«

Er steht auf und geht ein paar Schritte. Ich will ihm folgen, aber etwas sagt mir, dass es besser ist, zu warten. Als Ben sich umdreht, hat er sich wieder gefangen. Ich muss es ihm dennoch sagen, auch wenn er es rational sicher schon weiß.

»Ben, du konntest nichts dafür, hörst du? Wenn du dort gewesen wärst, dann würdest du wahrscheinlich auch nicht mehr leben.«

Er lacht bitter. »Manchmal denke ich, es wäre besser so. Ich habe seitdem nichts mehr auf die Reihe gekriegt. Ich hatte Philosophie und Literatur studiert und wollte eigentlich promovieren. Stattdessen bin ich nun hier gelandet.«

»Nein, das wäre ganz bestimmt nicht besser so«, sage ich und spüre mein Herz wie einen Kolibri in meiner Brust flattern. »Und wenn man auf so etwas mit Depressionen und Angstzuständen reagiert, ist das doch wohl völlig normal.«

Ben presst die Lippen zusammen. »Ich kriege die Bilder einfach nicht aus dem Kopf. Das Haus. Und meine Schwester. Wie sie aussah. Das war nicht mehr Ina, Lea.«

Ich möchte weinen. »Das tut mir so leid, Ben.«

»Du kannst ja nichts dafür.«

Ich merke, dass ich meinen Joghurt noch in der Hand halte, und stelle ihn beiseite, plötzlich nicht nur traurig, sondern auch irgendwie verbittert. »Warum ist das so, das Leben, Ben? Warum trifft es immer die Falschen, und warum kommt immer wieder was Neues, wenn man denkt, jetzt ist es halbwegs gut? Warum hört es nie auf?«

»Ach, Lea«, sagt er und hebt eine Hand zu meinem Gesicht, als wollte er mir über die Wange streichen.

Mein Herz setzt einen Schlag lang aus. Aber er lässt die Hand unverrichteter Dinge wieder sinken.

»Camus hat geschrieben: ›Der Kampf gegen Gipfel vermag ein Menschenherz auszufüllen. Wir müssen uns Sisyphos als einen glücklichen Menschen vorstellen.‹ Vielleicht muss das Leben einfach so sein.«

Ben nimmt seine Jacke und öffnet die Tasche, in der die Fotos sind. Eines zieht er heraus. »Schau, da sind sie. Meine Eltern und meine Schwester.«

Drei lachende Gesichter.

»Wie hübsch deine Mutter und deine Schwester sind.«

Ben lächelt. »Ja, nicht wahr?« Er packt das Bild wieder weg. »Diese Bilder hatte ich beim Auszug mitgenommen. Sie sind das Einzige, was ich von ihnen noch habe, was ich anfassen kann, weißt du? Sonst ist alles weg.«

Langsam ahne ich, woher Bens Sammelzwang kommt. Anscheinend hat er meine Gedanken gelesen.

»Ich hatte schon vorher meine Ticks, aber diese Jacke hier habe ich erst seitdem. So scheint es mir am sichersten, die wichtigen Dinge nicht zu verlieren. Bloß verliere ich manchmal den Überblick zwischen wichtig und unwichtig.«

»Manchmal?«, frage ich mit hochgezogener Augenbraue.

Wir müssen ein bisschen lachen, und ich bin froh, dass das geht und wir das düstere Thema langsam verlassen können. Nur eines muss ich noch sagen.

»Danke, dass du es mir erzählt hast, Ben.«

»Nein, danke dir. Ich fühle mich schon wieder besser. Und meistens gelingt es mir auch immer wieder, an einen Sinn in allem zu glauben.«

Ben gießt uns noch etwas Traubensaft ein, mustert mich und erkennt, dass ich noch an dem Sisyphosspruch nage. Aber er gibt nicht auf.

»Sieh mal. Es erschöpft mich manchmal, all diese Dinge sammeln zu müssen und all diese Worte. Aber für irgendetwas ist es gut, auch wenn ich es oft nicht erkennen kann. Die Sätze von Emerson, von Camus, genau die habe ich zum Beispiel doch in genau der Situation heute mit dir gebraucht. Was hätte ich nur gemacht ohne sie?«

Die Bestätigung, die er jetzt haben möchte, kann ich ihm leider nicht geben.

»Ich bin mir sicher, du hättest ganz wundervolle eigene Worte gefunden.«

Ben runzelt die Stirn, öffnet den Mund, schließt ihn dann wieder. Er räumt unsere Abfälle wieder in den Beutel, stellt ihn auf den Boden.

»Vielleicht.«

Wir sitzen noch eine Weile schweigend und sehen zu, wie die Sonne langsam immer tiefer sinkt. Je länger wir so sitzen, desto flauer wird mir. Solche Situationen sind es immer gewesen. Genau solche. Perfekt zum Näherrücken, Armumlegen. Perfekt für einen ersten Kuss. Perfekt, um den Anfang vom Ende einzuläuten.

Und daran hat sich auch jetzt noch nichts geändert, Vertrauen hin oder her, das spüre ich. Etwas einfach nur auszusprechen reicht eben doch nicht aus.

Aber meine Sorgen sind unbegründet. Ben macht keinen Annäherungsversuch. Seltsam, dass etwas froh machen und gleichzeitig so weh tun kann.

Langsam zurück auf Los. Schritt zehn.

Ich bin mit Papa im Park und ganz aufgeregt. Endlich hat es geklappt! Papa wollte schon so lange mit mir Fahrrad fahren üben. Ich bin so ziemlich die Einzige in der Vierten, die noch nicht fahren kann. Zu Weihnachten habe ich endlich ein eigenes Rad bekommen. Es ist dunkelblau und wunderschön und so groß! Es macht mir ein bisschen Angst.

Die Sonne scheint und der Himmel ist wolkenlos, aber gestern hat es geregnet, und die Wege im Park sind noch matschig.

»Macht nichts«, hat Papa gesagt.

Ich stelle mich in Position, setze den einen Fuß auf das Pedal und drücke mich nach oben in den Sattel. Mein anderer Fuß findet das andere Pedal, ich trete ... Das Rad kippt zur Seite. So gerade eben kann ich mich noch fangen.

»Du musst das Gleichgewicht halten«, sagt Papa.

Das würde ich ja gern. Wenn ich nur wüsste, wie das geht.

Ich versuche es noch mal und noch mal. Immer mit dem gleichen Resultat. Papa ist leider nicht gerade der Geduldigste. Er sagt lauter Sätze, die mit »Du musst« anfangen und die sich in meinem Ohr in Chinesisch verwandeln. Nichts klappt. Gut, dass nicht so viele Leute im Park sind. Peinlich.

Dann hilft Papa mit, fasst das Rad am Gepäckträger und hält es gerade. Ja, so geht es!

»Weiter, weiter, ich halte fest!« Papa läuft mit, während ich in die Pedale trete.

Es macht Spaß, es fühlt sich so an, wie ich mir fliegen vorstelle.

»Gut so, weiter!«

Papas Stimme hört sich auf einmal ganz entfernt an. Er hält das Fahrrad gar nicht mehr fest, ich fahre allein! Aber ich mache den Fehler, mich nach ihm umzusehen. Sofort gerät das Rad aus dem Gleichgewicht, ich komme ins Schlingern. Bumm, falle ich um.

Mein Knie landet genau auf der Steinkante, die Wiese und Weg voneinander trennt. Ein spitzer Schmerz fährt mir von der Kniescheibe bis in den Magen. Mir wird ein wenig flau.

Papa kommt angelaufen. »Warum hast du denn nicht aufgepasst?«

Er stellt zuerst das Fahrrad wieder auf, dann mich. Mein Bein tut ganz schön weh, ich möchte gern weinen, beiße mir aber von innen auf die Wangen. Ein Indianer kennt keinen Schmerz, sagt Papa immer, und deswegen habe ich vor einiger Zeit beschlossen, nie mehr zu weinen. Nicht, wenn ich gehauen werde, nicht, wenn ich hinfalle, und nicht, wenn ich traurig bin. Papa soll sehen, dass ich stark bin. Ich glaube aber nicht, dass ihm das auffällt.

Jetzt klopft er mir die Hose ab und rollt sie dann hoch. Das Knie ist ein bisschen aufgeschürft. Kleine Blutstropfen quellen hervor. Papa drückt für ein paar Sekunden ein Taschentuch darauf, dann sage ich, dass ich weiterüben möchte. Stück für Stück arbeiten wir uns so durch den Park. Richtig gut klappt es immer noch nicht.

Schließlich kommen wir an einem Bolzplatz vorbei, auf dem ein Junge immer wieder einen Ball an den Zaun schießt. Papa bleibt stehen. Es ist der Sohn eines Arbeitskollegen, erklärt er mir, er kennt ihn von seinen Besuchen.

»He, Stefan«, ruft er zu dem Jungen rüber. »Na, alles fit?«

»Ja, alles klar!«

Der Junge winkt und lacht. Dann kracht der Ball wie gehabt vor den Zaun. Ich will schon wieder aufs Rad steigen, aber Papa rührt sich nicht vom Fleck.

»Bock auf einen kleinen Zweikampf, Stefan?«, ruft er dem Jungen zu. »Dann hast du mal einen echten Gegner!«

Stefan hat nichts dagegen, er scheint sogar ziemlich begeistert zu sein. Im Gegensatz zu mir. Mit dem Ball am Fuß kommt er auf Papa zu, der ihn auch prompt angreift.

Bald laufen die beiden über das ganze Feld und versuchen sich gegenseitig den Ball abzunehmen. Dann stellen sie sich abwechselnd ins Tor, und der andere schießt. Ich stehe unsichtbar am Rand.

Irgendwann hören sie endlich auf. Papa greift Stefan in den Nacken und rüttelt ihn ein bisschen. Es sieht etwas grob aus, aber so machen Männer und Jungs das untereinander.

»Du hast was drauf, Junge, wenn du dranbleibst, wird aus dir in ein paar Jahren ein guter Spieler.«

Stefan klemmt sich den Ball unter den Arm. »Ich geh dann jetzt mal nach Hause.«

Zusammen kommen sie auf mich zu. Kurz bevor er in mich reinläuft, werde ich wieder für Papa sichtbar. Er nimmt mir das Fahrrad aus der Hand.

»Na, wie wär's, willst du vorher noch eine Runde fahren, Stefan?«

Ich habe mich geirrt. Offensichtlich ist nur mein Fahrrad sichtbar geworden, ich selbst bin noch verschwunden. Einen Moment lang denke ich, es wäre besser, ich hätte überhaupt niemals existiert. Das sollte doch Papas und mein Nachmittag werden. Ich muss mir wieder auf die Wangen beißen.

»Klar!«, sagt Stefan und steigt auf.

Stehend tritt er in die Pedale, mein Rad neigt sich nach rechts *und links, aber er fährt sicher und so wild und schnell, dass er, wäre er eine Comicfigur, bestimmt eine riesige Wolke aus Staub hinter sich lassen würde.*

Nach einer großen Runde bremst er scharf einen Meter vor uns.

»War echt cool, danke.«

»Siehst du? So geht das«, sagt Papa, noch bevor Stefan weggegangen ist.

Wir gehen nach Hause, ohne dass ich es noch einmal versuche.

Gleich nach dem Abendessen verziehe ich mich ins Bett, aber schlafen kann ich nicht. Ich schäme mich. Es tut mir so leid, dass ich Papa nur enttäusche.

Mein Knie schmerzt nicht mehr, aber trotzdem sticht es in meinem Bauch. Komisch, dass einem etwas so weh tun kann, obwohl es nicht blutet.

Einzeltherapie, Sitzung zehn

Mittlerweile ist die Liege mein Stammplatz bei Kuhlmann geworden. Nicht weil sie so gemütlich ist, sondern weil man sich da besser verstecken kann als auf dem Stuhl. Die Decke ist sehr praktisch.

Schon unglaublich, was ich dem Kuhlmann so alles erzählt habe. Dinge, die ich im Leben nicht einmal meiner besten Freundin erzählt hätte. Aber vielleicht habe ich auch bloß so gute Freunde noch nie gehabt. Kuhlmann meint, eine gute Therapie sei erwiesenermaßen ungefähr so wirksam wie das Vorhandensein eines wirklich guten Freundes. Ich schätze, ich würde das nicht zugeben, wenn ich Therapeut wäre. Aber Kuhlmann rechne ich diese Ehrlichkeit natürlich hoch an. Und erzähle ihm weiter peinliche Dinge aus meinem Leben.

Gerade eben habe ich ihm davon berichtet, wie mein Vater einmal abends bei meiner Oma, als ich schon im Bett lag, davon geredet hat, wie gern er einen Sohn gehabt hätte. Nichts gegen eine Tochter, aber ein Sohn wäre eben das Wahre.

Genau wie das Leben auf dem Land, jaja.

So habe ich damals natürlich nicht gedacht. Da tat es einfach bloß weh. Sonst habe ich es oft einfach gespürt, so wie bei der Fahrradgeschichte, aber in dieser Deutlichkeit hatte ich den Schlag ins Gesicht in der Regel nicht gekriegt.

Ich habe mir alle Mühe gegeben, ein bisschen wie ein Junge zu sein für ihn. Nicht nur, was das Weinen angeht. Ich habe Bud-Spencer-Filme mit Papa geschaut, so getan, als fände ich Boxen toll, und mich burschikos gegeben. Und ich war stolz, als er einmal sagte, ich ginge wie ein Bauer. Von da an habe ich immer besonders große Schritte gemacht. Einmal wollte ich mich sogar beim Fußball anmelden. Aber als ich hörte, dass sie keine Extrakabinen für Mädchen hätten, habe ich mich nicht getraut. Da hat mir meine Schüchternheit wieder einen Strich durch die Rechnung gemacht.

»Was sehen Sie für Zusammenhänge darin, dass Ihr Vater nie ein Hehl daraus gemacht hat, dass er lieber einen Sohn gehabt hätte, und Ihrer Unfähigkeit, eine Beziehung einzugehen?«

Bisher habe ich nie darüber nachgedacht, aber nun, wo ich einmal angefangen habe, mich mit diesen Dingen zu befassen, erscheint es mir doch ziemlich offensichtlich.

»Vielleicht hat es dazu geführt, dass ich meine Weiblichkeit nie akzeptieren konnte«, überlege ich. »Aber ist das nicht zu simple Küchenpsychologie?«

Kuhlmann klatscht einmal amüsiert in die Hände. »Nicht, wenn es stimmt! Aber vielleicht stimmt es auch gar nicht. Vielleicht ist es etwas anderes. Machen Sie weiter.«

Hm. »Damit, dass ich mich wie ein Junge verhalten habe, wollte ich meinem Vater als kleines Kind erst einmal gefallen. Später habe ich vor allem Angst vor ihm gehabt, aber das kam zuerst.«

Kuhlmann nickt. »Genau. Was noch?«

Puh. Mal sehen. »Wahrscheinlich habe ich mich nie

selbst als Frau akzeptiert, und wie soll man da ein normales Liebesleben entwickeln?«

»So ist es.«

Kuhlmann scheint überzeugt, ich bin es nicht.

»Aber für mich hört sich das immer noch nach Küchenpsychologie an«, wage ich noch einmal zu widersprechen.

»Überhaupt nicht«, meint Kuhlmann und dreht seinen Rollstuhl so, dass er mir frontal gegenübersitzt. »Denn es zeigt doch gerade, dass es eine Vielzahl von kleinen Ursachen ist, die letztlich eine große Wirkung erzielt haben. Einzeln hätte Ihnen vielleicht keine einen Leidensdruck im späteren Leben beschert. Aber die Mischung ist schon ziemlich übel.«

Er gibt mir einen Moment Zeit, darüber nachzudenken. Mein Kopf raucht schon. Therapie ist nicht nur Gefühls-, sondern auch Verstandesarbeit.

»Kommen wir noch einmal darauf zurück, dass Ihr Vater immer wieder davon gesprochen hat, in seine Heimat zu ziehen. Was löst so etwas bei einem Kind aus?«

Da kann ich ausnahmsweise wie aus der Pistole geschossen antworten. »Verlustängste.«

»Natürlich!«

Das alles und meine wahrscheinlich angeborene Schüchternheit noch obendrauf ist also der Grund für all den Mist. Nun gut. Es gibt nur ein Problem dabei.

»Das sind aber ziemlich viele Baustellen«, sage ich und verkrieche mich etwas tiefer unter meine Decke.

»Sicher.« Kuhlmann holt zu einem neuen Metaphernschlag aus. »Aber wenn Sie wissen, wo die Baustellen sind, fallen Sie nicht mehr so oft aus Versehen in eine der Gruben.«

Am Ende der Stunde gibt Kuhlmann mir einen letzten Auftrag, denn nach der nächsten Sitzung wird es keine mehr geben. Bald bin ich dran mit Entlassenwerden. Ich soll noch eine Erinnerungsgeschichte hochholen. Denn hinter der Wut, der Angst, der Unsicherheit und dem Nichtgenügen liege noch eine weitere Baustelle, meint er.

»Was denn für eine?«, frage ich.

Kuhlmann sagt nur ein einziges Wort. »Liebe.«

FÜNF

REBOOT

Hier kommt die Revolte
Hängt sie höher die Königin

(von Brücken, LADY ANGST)

Am Samstag ist der große Tag endlich gekommen. Heute machen die Irren vom Ossentoll ihren Ausflug nach Eppendorf. Schon seltsam, dass es ausgerechnet im ältesten Dorf Hamburgs die Gelegenheit zum professionellen Change Away gibt. Auf Hülya wartet dank Anna ja seit Wochen ein professionelles Umstyling samt Fotosession. Ihre Aufregung muss ich mir nicht vorstellen. Ich will sie abholen, und das nervöse Klappern ihrer Absätze höre ich schon durch die Tür.

Drinnen sitzt Anna auf Hülyas Bett, schwingt die Unterschenkel wie ein kleines Kind immer wieder abwechselnd in die Luft und *rumms* vor den Bettkasten. Energisch dirigiert sie unser Nervenbündel zwischen Schrank, Tisch und Waschnische hin und her.

»Das Kleid da noch. Das grüne. Und die Perücke mit den Locken. Den goldenen Nagellack kannst du auch mitnehmen.«

Beinahe ist sie wieder die Alte, das Haloperidol wird inzwischen stetig herabgesetzt. Ein Glück.

»Guten Morgen«, störe ich die Geschäftigkeit. »Ihr seid ja schon fast so weit, dann können wir gleich los. Tanja und Ben warten draußen auf uns.«

Hülya bleibt stehen und drückt sich den Jeansrock, den sie gerade in die Tasche auf dem Tisch packen wollte, vor die Brust. Schweiß steht auf ihrer Stirn, und blanke Rehaugen sehen in meine, als wären die der Lauf einer Flinte.

»Hab ich dir eigentlich schon mal erzählt, was mein Name bedeutet?«

Ich bin irritiert, und noch bevor ich irgendetwas antworten kann, spricht sie weiter.

»Tagtraum. Ich hab so lange taggeträumt, Lea, und jetzt soll das alles wirklich wahr werden und ich mich vor anderen zeigen, als wäre es das Normalste von der Welt? Ich glaub, ich schaff das nicht«, schnieft sie.

Es wäre wahrscheinlich keine besonders umsatzstärkende Werbestrategie, das herauszustellen, aber wenn es sein muss, können Jeansröcke offenbar auch hervorragend als Taschentuch dienen. Dieser hier jedenfalls macht seinen Job gut.

»Aber du hast es dir doch so gewünscht«, gebe ich probehalber von mir. Schwacher Versuch.

Anna, die jetzt nicht einfach aufsteht, sondern sich mit den Händen regelrecht abstößt und einen kleinen Satz macht, kann es besser.

»Min Deern, natürlich schaffst du das, was denn sonst? Wär doch gelacht. Wir sind alle bei dir, und die Dame dort macht den ganzen Tag nichts anderes. Nen besseren Ort für deine ersten Schritte außerhalb der Klinik gibt's nicht! Na los, raff dein Zeug zusammen.«

Hülya nimmt den Rock vom Gesicht und faltet ihn vorsichtig zusammen.

»Ja, schon gut. Ich wäre ja blöd, das jetzt nicht zu machen. Aber für unterwegs ziehe ich mir meine Jungsklamotten an.

Und danke noch mal, dass ihr mitkommt. Das ist so lieb von euch.«

»Ach was«, winke ich ab, »so kommen wir auch mal raus hier. Nee, machen wir doch gern.«

Dass sie sogar Ben gefragt hat, hat mich zuerst gewundert, weil ich mir denke, dass so etwas unter Frauen leichter ist. Aber die beiden sind schließlich befreundet, und wenn es einen Mann gibt, vor dem jemand wie Hülya keine Angst haben muss, dann ist das natürlich ganz klar Ben. Vor dem muss eigentlich niemand Angst haben, geht es mir durch den Kopf, aber glücklicherweise muss ich mich nicht weiter damit auseinandersetzen, denn jetzt schallt ein »So, fertig!« aus dem Bad, und wir machen uns gemeinsam mit Ismail, Jeans und Shirt am Körper und eine halbe Boutique in seiner größten Tasche, tatsächlich auf den Weg. Tanja wird uns fahren. Eigentlich wollte Ulla uns abholen und wie damals besprochen mitkommen, aber vorgestern hat sie abgesagt. Der Alltag hat sie wieder voll in seinen Klauen, es wird ihr wohl alles etwas viel im Moment. Ich muss mich unbedingt mit ihr treffen, wenn ich wieder zu Hause bin.

Im Auto ist die Stimmung angespannt, Ben schweigt auf dem Beifahrersitz, Ismail schweigt und schwitzt auf der Mitte der Rückbank, Tanja ist vollauf damit beschäftigt, sich aufs Fahren zu konzentrieren. Nur Anna plappert die ganze Zeit etwas von der Party, die sie für uns geben will, wenn sie entlassen ist. Wir sind natürlich alle eingeladen.

Und ich? Ich bin fast so aufgeregt wie Ismail, würde aber eher einen von seinen Röcken anziehen, als das zuzugeben. Ist schon seltsam, was wir hier machen. Für Ismail hoffe ich, dass es sich für ihn später genau umgekehrt anfühlen wird.

Aber Träume, die in Erfüllung gehen, machen Angst. Er knabbert am Daumennagel und schaut mich an.

»Sollen wir das wirklich machen?«

Ich lache und gebe ihm mit dem Ellenbogen einen Knuff.

»Hallo? Jetzt hör aber auf. Guck, wir sind schon in der Erikastraße!«

»Nomen est omen«, lässt Ben plötzlich von vorn verlauten. »Das ist doch ein gutes Zeichen.«

Ismail kaut weiter an seinem Nagel.

Mit einem Mal gehen die Mehrfamilienhäuser, an denen wir bisher vorbeigekommen sind, in noble Einfamilienhäuser über. Tanja bremst abrupt.

Als wir alle wieder in unserer Ausgangsposition angekommen sind, sagt sie, irgendwie erleichtert und selbstzufrieden zugleich: »Wir sind da!«

Aha. Umstyling für Transvestiten und Transsexuelle in einem Villenviertel. Was wohl die Nachbarn dazu sagen?

»Los geht's, Kinners!« Anna ist schon aus dem Auto gesprungen. Ismail folgt zögerlich.

Dann stehen wir alle vor dem großen Schild, das am Zaun neben dem Eingangstor angebracht ist. *Angelique. Mode & Verlag* steht da und hätte beinahe unauffällig wirken können, wäre der Firmenname nicht in verschnörkelter rosa Schrift geschrieben und würde auf dem Schnörkel des *g* nicht der Schattenriss einer Frau mit Barbie-Proportionen sitzen wie auf einer Schaukel.

Ismail starrt es wie hypnotisiert an.

»Ich blas die ganze Sache ab, lasst uns zurückfahren. Ich mach mich doch lächerlich.«

Er will kehrtmachen und zum Auto zurück. Ich fasse ihn am Arm. Durch die Jacke hindurch fühle ich, wie er zittert.

»Ismail. Hülya. Das willst du nicht wirklich.«

Trotz meines Zuredens hätte ich in Wahrheit gar nichts dagegen, hier schnellstmöglich wieder abzuhauen, wahrscheinlich wegen meiner frisch eruierten Probleme mit dem Frausein. Aber es geht hier nicht um mich.

»Schätzchen, wir sind doch alle bei dir«, mischt sich Anna ein und legt den Arm um ihn.

»Wo sie recht hat, hat sie zweifellos recht«, meint Ben und legt den Kopf schief.

Fehlt nur noch Tanja. Sie sagt nichts, sie tut etwas. Diesmal zur Abwechslung genau das Richtige. Beherzt drückt sie die Klingel. Dreimal, so als könnten wir es gar nicht erwarten.

Unser Schicksal ist besiegelt, als aus der Anlage »Ja, bitte?« ertönt.

Anna stellt sich auf die Zehenspitzen und brüllt: »Wir sind's, zum ChangeAway!«

Obwohl es vager kaum ging, geht der Türsummer. Ismail nimmt meine Hand, als wir durch das Tor gehen.

Ich weiß nicht genau, wen ich erwartet habe, ich schätze, ein perfekt gestyltes Weib auf hohen Hacken, umgeben von einer Aura aus Selbstsicherheit und Sexyness. Aber es öffnet uns ein biederes kleines Hausmütterchen in Bundfaltenhose, Wollpulli und Gesundheitsschuhen, die silbrig blonden Haare onduliert und außer altrosa Lippenstift und ein wenig Wimperntusche kein Make-up im Gesicht. Mitte fünfzig dürfte sie sein. Im Grunde ist sie Ulla in mollig.

»Willkommen, schön, dass ihr da seid!«, lächelt sie und schaut Ismail an. »Du bist Hülya, nicht? Dich machen wir heute richtig schön, so wie besprochen.«

Ismails Adamsapfel hüpft. »Ja, ich bin das, und danke,

dass wir kommen durften, Frau Bade«, bringt er schließlich heraus.

»Nun man nicht so förmlich, ich bin die Hanne für euch. Und nicht nervös sein, da gibt's gar keinen Grund. Ach, komm mal her.«

In ihrer Umarmung taut der ängstliche Ismail in Nullkommanichts weg, und eine hoffnungsfrohe Hülya erscheint wieder. Etwas umgibt diese Frau, aber mit dem Was habe ich mich geirrt. Mütterliche Herzlichkeit empfängt uns hier, und besser hätte es nicht kommen können.

Ich möchte weinen vor Erleichterung, als sie sich an uns andere wendet und sagt: »Auf euch haben wir uns auch schon gefreut, nun kommt aber rein.«

Im Gänsemarsch spazieren wir durch die Tür. Es geht die Treppe rauf. Im ersten Stock machen wir nur kurz halt. Hier ist die Boutique untergebracht. »Für unsere Korsetts sind wir berühmt. Handgemacht seit dreißig Jahren. Aber auch sonst haben wir alles, wonach einem Menschenkind der Sinn stehen könnte. Wenn du magst, Hülya, kannst du fürs Shooting ein paar Sachen anprobieren. Wir stöbern später mal.«

Tanja stößt mir ihren Ellenbogen in die Rippen. Es fühlt sich an wie ein Dolch.

»Ein Barbiekleid, guck!«, flüstert sie mir ziemlich laut zu und zeigt mit dem ganzen Arm darauf.

Natürlich habe ich den Glitzertraum aus Tüll längst gesehen. Er ist ja auch nicht gerade unauffällig über die halbe Wand drapiert.

»Pst«, zische ich zurück und drücke ihr den Arm runter. Peinlich!

Hanne lässt sich aber nichts anmerken, und schon geht

es weiter in den zweiten Stock. Hier ist das Kosmetikstudio beheimatet. Wir werden schon erwartet. Ein zwei Meter großer Transgender Schrägstrich Transvestit Schrägstrich Transsexueller, auf den ersten Blick lässt es sich nicht erkennen, mit blonder Perücke und einer dicken, aber perfekten Make-up-Schicht im Gesicht, im wespentaillierten Paillettenkleid und Plateauschuhen sortiert gerade die Nagellacke nach Farben.

»Das ist Dominique, eine langjährige Freundin des Hauses«, lässt Hanne uns wissen.

Dominique wendet sich von den Nagellacken ab und uns mit einem freundlichen Lächeln zu.

»Hocherfreut, euch kennenzulernen, meine Lieben«, sagt sie mit großer Geste und schlägt die Hände leicht geziert in Kinnhöhe zusammen. »Käffchen?«

Bis auf die Tatsache, dass sie sich keinerlei Mühe gibt, ihre Bassstimme zu verstellen, erfüllt sie so ziemlich das Klischee, das ich zu Menschen mit diesen Vorlieben bislang immer im Kopf hatte. Und das offensichtlich auch noch nicht verschwunden ist.

Hülya ist sofort wieder verunsichert angesichts eines solchen Überweibs – nennt man das nicht »überoptimaler Auslöser« in der Biologie? –, haucht aber dennoch: »Oh, wie schön. So toll möchte ich auch gern aussehen.«

»Wirst du, Liebchen, wirst du«, sagt Hanne bestimmt und schiebt Hülya in Richtung des Behandlungsstuhls. Während sie Platz nimmt und eine Nagellackfarbe aussucht, bestellen wir anderen bei Dominique Wasser und Kaffee. Anna setzt sich direkt neben den Behandlungsstuhl, um alles beobachten und kommentieren zu können, Tanja und ich stehen im Türrahmen, Ben drückt sich im Flur herum.

Die Würfel sind gefallen, es wird ein Lack, den ich spontan wohl schmutziges Altrosa genannt hätte, aber Dominique, die schon wieder da ist, reckt ihren Arm Richtung Hülya und erweist sich als Expertin.

»Dusky Pink, eine gute Wahl, die Trendfarbe des Jahres!«

Hülya strahlt. Rouge wird sie gleich nicht mehr brauchen, ihre Wangen glühen.

»Gut, dann fangen wir damit an«, sagt Hanne. »Während der Lack trocknet, machen wir dann dein Gesicht hübsch.«

Dominique schlägt vor, dass wir die drei allein lassen und unseren Kaffee im Nebenraum trinken. Eine gute Idee, finden wir alle.

»Darf ich Ihnen die Jacke abnehmen?«, fragt sie Ben. »Wird doch bestimmt ein bisschen warm.«

Als Ben verneint, macht sie sich unversehens daran, Kekse zu verteilen. Dass Tanja ihre gleich wieder zurück in die Schachtel legt, ignoriert sie geflissentlich.

Als wir sitzen, breitet sich peinliches Schweigen aus. Wir alle tunken unsere Kekse in den Kaffee und mümmeln angestrengt. Nur Tanja nicht, natürlich. Die mustert stattdessen angestrengt Dominique, beugt sich sogar etwas in ihrem Stuhl nach vorne dabei.

»Ihre Augenbrauen haben Sie ja toll hingekriegt«, sagt sie dann. »Haben Sie Ihre eigenen mit Silikon überdeckt? Man sieht gar nichts davon.«

Jetzt gucke ich auch hin. Man sieht tatsächlich nur die schmalen Marlene-Dietrich-Striche.

Bei der Antwort verschlucke ich mich fast am Kaffee.

»Nein, ich habe gar keine. Genau genommen habe ich, seit ich zwanzig war, kein einziges Haar mehr am Körper. Ist so eine Sonderform des kreisrunden Haarausfalls.«

»Cool«, sagt Tanja, »das erleichtert Ihnen ja so einiges, wenn Sie als Frau losziehen!«

Ich möchte im Boden versinken. Aus den Augenwinkeln sehe ich Bens entsetztes Gesicht und weiß, dass es ihm genauso geht. Aber Dominique scheint überhaupt nicht brüskiert zu sein.

»Stimmt, die ganze Rasiererei, die ich mir da erspare, das ist schon toll.«

Ich überlege mir, dass wir alle uns wahrscheinlich für ziemlich tolerant und offen halten, weil wir mit Hülya hergefahren sind. In Wahrheit haben wir immer noch Vorurteile, und Dominique ist eine Exotin für uns.

Aber was hat sie denn gesehen, als wir hier reingestiefelt sind? Für sie sind doch wir die Exoten. Aber die typischen Nachfragen, die wir uns draußen oft gefallen lassen müssen oder mussten, kommen hier nicht. Irgendwie schäme ich mich ein bisschen.

Zum Glück ist Hülya jetzt fertig und präsentiert ihr Make-up. Es ist ziemlich grell, ich finde es nicht so schön, sage das aber nicht. Als Hülya wieder nach nebenan verschwindet, um sich ihr erstes Outfit anzuziehen, beugt Dominique sich zu mir. Sie hat wohl meinen Blick bemerkt.

»Für die Fotos muss das Make-up ein bisschen stärker sein als normal. Später sieht man das nicht mehr.«

Dann ist Hülya fertig, für den Anfang hat sie eine recht bedeckte Abendgarderobe ausgewählt. Im Gänsemarsch geht es nach unten ins Erdgeschoss. Die Hausherrin führt uns in ein geräumiges Wohnzimmer mit Wintergarten, es ist sehr viel breiter als lang. Auf der einen Seite steht eine große Sitzgarnitur, auf der anderen befindet sich eine Bar. Außerdem ist in den Fliesenboden ein kleiner Teich eingelassen. Naturgetreue Plastikenten schwimmen darin herum. Von der Decke hängt eine ausgestopfte Möwe.

Noch einmal merke ich, wie Erwartungen über Bord geworfen werden können.

Dominique geht hinter die Bar, Tanja, Ben und ich setzen uns davor. Wir werden Zaungäste beim Shooting sein.

Aber erst einmal gibt es Sekt für alle. Ich vermute, er ist vor allem für Hülya gedacht, damit sie ein bisschen lockerer wird. Hanne beginnt sie ins Posen einzuweisen und macht Probefotos, kräftig unterstützt von Anna, die die ganze Zeit neben Hanne stehen bleibt, damit sie auch wirklich alles mitbekommt.

Entweder ist es tatsächlich der Sekt oder es liegt einfach an der angenehmen Atmosphäre, aber Hülya wird von Moment zu Moment gelöster. Foto um Foto wird gemacht, und bald rennt sie die Treppen rauf und runter, um immer wieder neue Outfits, die immer gewagter werden, anzuziehen.

»Für eure Freundin ist das noch ganz neu, oder?«, will Dominique wissen.

Ich bejahe und erzähle knapp, dass sie sich bis vor kurzem noch nie vor anderen als Frau gezeigt und ihre Natur immer unterdrückt hat. Dann bin ich mutig und frage, welcher der verschiedenen Trans-Richtungen sie selbst angehört.

»Oh, ich bin Transvestit«, kommt es ganz selbstbewusst aus ihrem Mund. »Im normalen Leben bin ich ganz zufrieden damit, ein Mann zu sein. Aber ich ziehe mich eben auch gern feminin an.«

»Das Korsett ist ja der Hammer«, wirft Tanja ein.

»O ja, ich mag es, wenn sie ganz eng geschnürt sind. Ihr müsst später oben auch mal eins anprobieren!«

Ha, das fehlte gerade noch.

Das Fotostudio wurde inzwischen in den Garten verlegt. Hülya posiert an einer verschnörkelten Mauer, auf der ein paar Gargoyles sitzen.

Dominique gibt uns derweil noch einige Tipps, die Hülya in Zukunft hilfreich sein könnten. Es gibt einen Trans-Stammtisch hier in der Nähe, der sich einmal im Monat trifft.

»Wir sind sogar schon zusammen in Urlaub gefahren, Hülya würde sich bestimmt wohl fühlen bei uns«, beendet sie ihren Bericht.

Und dann steht Hülya wieder vor uns, irgendwie leuchtend vor lauter Glück.

Nun müssen wir nur noch warten, bis Hanne die Fotos, es sind mehrere Hundert, auf CD gezogen hat.

»Kommt mit, schaut euch ein bisschen im Shop um so lange.«

Also gehen wir alle wieder hoch. Ben lässt sich unauffällig zurückfallen. Ich vermute, er wäre doch lieber auf der Station geblieben heute. Umso lieber von ihm, dass er trotzdem mitgekommen ist.

Hülya wähnt sich in dem Shop im Paradies und fängt gleich damit an, verschiedene Perücken zu probieren. Anna geht ihr dabei zur Hand.

Dominique nimmt mich und Tanja bei der Hand und führt uns zu den Korsetts.

»Kommt, probiert eins an, nur so zum Spaß!«

Tanja hat nichts dagegen, aber ich zögere noch. Ich mag so einen Kram doch nicht.

»Och, komm schon«, insistiert Dominique.

Schließlich stimme ich zu. Ich werde es einfach als eine

Probe in mehr offensiver Weiblichkeit ansehen. Wir nehmen eine harmlose Variante, aber trotzdem bleibt mir erst mal die Luft weg, als Dominique sie zuschnürt.

»Meine Güte, kannst du mit deinem überhaupt noch atmen?«, frage ich.

»Ist alles Übungssache«, sagt Dominique und zieht noch einmal kräftig zu.

Vor fünf Wochen hätte ich diese Prozedur nicht über mich ergehen lassen können, das steht mal fest.

Bei Tanja allerdings sieht das Korsett auch geschnürt immer noch locker aus. Wir schauen uns im Spiegel an. Ich finde es so mittel.

»Was sagen Sie denn dazu, junger Mann?«, wird Ben genötigt, seine Meinung kundzutun.

Der kriegt ein rotes Gesicht, das bei der Beleuchtung hier zum Glück aber nicht so furchtbar auffällt.

»Sieht hübsch aus«, sagt er. »Aber vorher mindestens genauso.«

Die nächsten zehn Minuten frage ich mich, ob er das ernst gemeint oder so dahingesagt hat. Jedenfalls beschließe ich, dass ich so etwas wie ein Korsett auch in Zukunft nicht brauche.

Dann wird zum Aufbruch geläutet. Hülya hat eine neue Perücke und einen Tiegel Camouflage im Gepäck und außerdem beschlossen, jetzt auch ihre ersten Draußenschritte als Frau zu wagen.

»Ich will das heute so lange wie möglich genießen«, sagt sie. »Ich fühle mich so gut.«

Auf der ganzen Rückfahrt bedankt sie sich unaufhörlich bei uns allen, vor allem bei Anna, und einmal bricht sie kurz in Tränen aus. Aber die Euphorie überwiegt, und so fragt sie uns sogar, ob wir nicht ein Stück von der Klinik weg parken und an der Straße entlanglaufen können.

Keine Frage, selbstverständlich können wir das.

Ein wenig ängstlich sieht sie aus, als wir aussteigen, aber auch entschlossen. Wir begegnen ein paar Leuten, doch die sind entweder mit sich und ihrem Kram beschäftigt oder verrenken sich erst den Hals, wenn wir schon vorbei sind und es nicht sehen.

Fast sind wir da, als uns eine Gruppe Jugendlicher entgegenkommt. Sie glotzen.

Glotzt nicht so, denke ich und sehe in diesem Moment Marie vor mir. Schon lustig. Aber zum Lachen komme ich nicht, denn meine Beschwörungen nützen nichts.

»Transe!«, ruft einer von den Jungs in dem Moment, als wir sie passieren.

»Idioten!«, gibt Anna sofort Paroli.

Hinter uns Gejohle.

Ich erwarte, dass Hülya in sich zusammenfällt wie beim letzten Mal, aber nichts dergleichen passiert. Sie presst zwar die Lippen zusammen, geht aber gerade und aufrecht weiter. »Kümmert euch doch nicht um die!«, sagt sie. »Die können uns mal!«

Jetzt sind wir es, die johlen.

Langsam zurück auf Los. Schritt elf.

Im Bett ist es wohlig warm, und langsam ziehen die Schatten der Angst sich zurück.

Mein Alptraum war schlimm. Ein Mann mit einem Haken statt einer Hand hat mich verfolgt, und immer wieder hat er mit dem Haken ausgeholt, um mich zu erwischen. Ich kam aber gar nicht vorwärts, nur in Zeitlupe, so wie im Fernsehen beim Sport.

Ich wollte ein großes Mädchen sein, weil ich doch bald eingeschult werde, eine tapfere Squaw, aber dann habe ich es nicht mehr ausgehalten und bin zu Mama und Papa ins Schlafzimmer gelaufen. Meistens kommt Mama dann mit und liest mir noch eine Geschichte vor, bis ich wieder einschlafen kann, aber heute ist mein Papa mitgekommen. Er liest nicht gern vor, darum erfindet er einfach seine eigenen Geschichten.

Deshalb muss auch das Licht nicht an bleiben, nur der Schein der Straßenlaternen macht, dass mein Zimmer nicht ganz dunkel ist.

Ich liege mit dem Kopf an Papas Brust, und er krault mir den Rücken. Ich stelle mir vor, wir sind Indianer wie in Papas Filmen und liegen unter vielen Decken neben einem Lagerfeuer in einer Höhle, während draußen ein Schneesturm tobt und wilde Tiere auf uns warten. Am Feuer trauen sie sich nicht vorbei, und wenn doch, würde mein Vater sie verjagen. Wir sind ganz sicher und geborgen hier.

Papa erzählt von der kleinen Miezekatze, die mit ihrer Mutter auf einem Bauernhof wohnt und viele Abenteuer erlebt. Eines Tages machen sie einen Ausflug in die Stadt, weil sie gehört haben, dass der Fisch dort besonders gut schmecken soll. Die Stadt ist voller Menschen, Autos und Hunde, deshalb soll die kleine Miezekatze immer ganz dicht bei der Mama bleiben. Aber sie ist so furchtbar neugierig, und als sie ein paar Mäuse in eine Seitengasse huschen sieht, folgt sie ihnen.

»Immer weiter läuft sie den Mäuschen nach und versucht sie zu fangen«, erzählt Papa. »Erst als sie in einen Gully entwischen, denkt die kleine Miezekatze wieder an ihre Mama. Aber sie ist schon so weit gelaufen, dass sie den Weg zurück nicht mehr findet.«

Gebannt höre ich zu und rücke noch näher an Papas Brust. Das arme Kätzchen! Einmal war ich mit Mama vor Weihnachten im Kaufhaus. Dort war so ein Gedrängel, dass ich sie plötzlich gar nicht mehr gesehen habe. Da dachte ich auch, ich hätte sie verloren, und kam mir vor, als wäre ich ganz allein auf der Welt, obwohl da doch so viele Leute waren. Ich bin losgerannt und habe gerufen und geweint, und dann war Mama auf einmal wieder da und hat mich gedrückt.

Auch die kleine Miezekatze läuft jetzt ängstlich durch die Straßen. »Miau, miau, Mama, Mama«, ahmt Papa ihr Klagen nach. »Immer schneller läuft das Kätzchen, aber als es um eine Straßenecke biegt, steht da nicht die Mutter, sondern ein großer schwarzer Hund.«

Zum Glück geht die Geschichte gut aus. Die Katzenmama lenkt den Hund ab, und danach sind beide wieder vereint und gehen nach Hause. »Hier ist es doch am schönsten«, sagt Papa als die glückliche kleine Miezekatze. »Und von jetzt an werde ich immer auf meine Mutter hören und immer bei ihr bleiben.«

Papa gibt mir einen Kuss auf die Stirn, steht langsam auf und *wünscht mir eine gute Nacht. Es ist in Ordnung, dass er jetzt geht, denn seine Wärme ist noch da, und ich weiß, dass er immer noch in der Nähe ist und mich beschützen wird, wenn etwas Schlimmes passiert.*

Bevor ich einschlafe, beschließe ich, für immer bei meinen Eltern zu bleiben und niemals wegzugehen.

Einzeltherapie, Sitzung elf

Diesmal habe ich mir die Decke bis über den Kopf gezogen. Es war schön, sich an die Zeit zu erinnern, zu der für mich noch alles in Ordnung war. Und schmerzlich zugleich.

»Es war mir wichtig, mit einer guten Erinnerung zu enden«, sagt Kuhlmann so sanft, wie ich ihn noch nie gehört habe. »Denn das Kind in Ihnen liebt den Papa immer noch. Und der Weg dazu, dass es Ihnen bessergehen kann, wird auch über Ihren Vater führen.«

Ich putze mir die Nase, um Zeit zu gewinnen.

»Kontakt zu meinen Eltern soll ich also aufnehmen? Zu meinem Vater im Speziellen?«

»Sagen Sie ihm, was Sie damals bedrückt hat, wie Sie sich gefühlt haben. Vieles davon wird ihm gar nicht bewusst sein.«

Ich schnaube in mein Taschentuch. »Ja, das kann ich mir vorstellen. Irgendwann nach meinem Auszug hatte ich bei einem Besuch mal erwähnt, dass ich mit fünfzehn ja auf einmal wieder ganz früh abends zu Hause sein musste. Da wusste er überhaupt nichts mehr von.«

»Das ist oft so«, sagt Kuhlmann. »Die schlimmsten Schmerzen, die andere uns zugefügt haben, sind meist diejenigen, an die sich die Menschen, die dafür verantwortlich sind, überhaupt nicht mehr erinnern. Weil sie nur für uns eine solche Wertigkeit haben.«

Blöderweise stimmt das wohl.

Zum Abschluss machen wir Pläne, wie es konkret mit mir weitergehen soll. Klar ist, dass die eigentliche Arbeit erst nach der Entlassung auf mich wartet, auch wenn der Knoten jetzt geplatzt ist. Es ist noch ein langer Weg.

Kuhlmann gibt mir eine Liste mit Adressen, damit ich möglichst schnell Termine für Erstgespräche zur ambulanten Therapie machen kann. Dann will er mich schon verabschieden.

Aber bevor ich gehe, muss ich eines noch loswerden. Etwas, das ich bis jetzt zurückgehalten habe. Ich erzähle ihm von Ben. Davon, wie gut er zu mir ist und dass ich mich ganz offensichtlich verliebt habe, obwohl ich das nicht will. Weil das eben nicht geht. Mit niemandem. Daran hat sich ja noch nicht wirklich etwas geändert.

»Ich habe so eine Angst davor, deswegen bald etwas an ihm zu finden, das wieder alles kaputtmacht.«

Kuhlmann nickt, als hätte er auf diese letzte Beichte nur gewartet. »Auch was eine Liebesbeziehung angeht, haben Sie jetzt die Möglichkeit zu einem Neustart. Aber auch da gehört es dazu, die Konfrontation mit genau dem zu suchen, was problematisch ist.«

Warum gibt es keine Abkürzungen?

*

Morgen werde ich entlassen. Ben hat vorgeschlagen, zur Feier dieses Ereignisses heute einmal in die Stadt zu fahren. Jetzt sitzen wir uns in der U1 gegenüber, beide irgendwie angespannt. Ich bin froh, dass die Fahrt eine gute halbe Stunde dauert. Zeit, sich halbwegs mit dem Gedanken anzufreunden, dass außerhalb von Ochsenzoll das wahre Leben immer noch existiert.

Ben hat seine Jacke nicht nur nicht an, er hat sie nicht einmal dabei. Offenbar konfrontiert er auch gerade.

»So kann ich mich mit dir doch nicht sehen lassen«, hat er auf meine erstaunte Nachfrage nur gesagt.

Am Jungfernstieg steigen wir aus, wollen ein wenig an der Binnenalster entlangspazieren. Was für ein Getümmel in den Straßen!

»Alles okay bei dir?«, fragt Ben.

»Alles okay.«

Das stimmt auch, fast. Ich bin ja nicht Ulla. Dennoch ist es trotz des Ausflugs zum Umstyling wie ein Sprung ins kalte Wasser. Aber schon nach ein paar Sekunden gewöhnt man sich wieder an die Temperatur.

Vor uns wird der Alsterpavillon immer größer. An den Tischen wimmelt es von Menschen. Ich kann mich aber auch nicht daran erinnern, dass das Wetter jemals so schön gewesen ist, seit ich in Hamburg bin.

»Hier gehe ich vielleicht mal mit Ulla hin«, erzähle ich im Vorbeigehen.

Wir lassen den Pavillon rechts hinter uns und biegen dann ab zum Alsterufer. Hier sind viele Spaziergänger unterwegs, die Bänke besetzt mit Sonnenanbetern, und doch ist es wesentlich ruhiger. Vielleicht macht es auch nur der Anblick des Wassers, dass ich mich plötzlich richtig gut fühle. Das viele Wasser ist für mich überhaupt das Beste an Hamburg. Mitten in der Stadt immer wieder darauf zu treffen, daran habe ich mich auch nach den ganzen Jahren noch nicht gewöhnt. Und ich kann mich nicht sattsehen daran.

Schließlich entdecken wir eine freie Bank und setzen uns. Ben packt zwei Dosen Cola aus. Und wieder Schokolade, die er zwischen uns legt. Als wir einmal gleichzeitig nach einem Stück greifen, berühren sich unsere Hände. Ein Blitz durchzuckt mich. Da ist er wieder, der perfekte Kuss-Moment. Und wieder geht er vorüber. Diesbezüglich ist keiner von uns ein Konfrontierer.

Wir reden ein bisschen über meine Pläne, darüber, was ich alles angehen muss in nächster Zeit. Ben wird noch zwei Wochen in der Klinik bleiben. Auch er wird danach eine ambulante Therapie machen. Eine Gesprächspause entsteht, dehnt sich und wird immer länger. Irgendwas will raus aus Ben, kommt aber nicht. Er kaut auf der Unterlippe, knetet seine Hände. Schließlich schaut er mich an. »Werden wir uns nach der Klinik noch wiedersehen?«

Ich tue entrüstet, obwohl ich verdammt froh bin, dass er diese Frage stellt. »Na klar, was denkst du denn?«

»Okay.«

Dann sitzen wir einfach nur eine Weile da, schauen auf das Wasser und die Skyline aus Geschäftsgebäuden, Rathaus und Baukränen gegenüber. Am Ufer direkt vor uns dümpelt eine Schwanenfamilie entlang. Ich werde fast ein bisschen schläfrig. So könnte es sein, denke ich plötzlich. So könnte es sein.

»Und was machen wir jetzt noch?«, frage ich und stehe auf.

»Du magst doch verrückte Ohrringe. Kennst du das Aladin auf der Reeperbahn? Da haben die alles und nichts.«

Die Reeperbahn ist nach wie vor nicht gerade eine Gegend für mich, daran ändert auch der Ausflug in die Transwelt letztens nichts. Das Vibratorentchen und die Scham der Unwissenheit haben sich wesentlich stärker in mein Gedächtnis eingebrannt. Mich zieht folglich rein gar nichts da hin, aber das sage ich Ben jetzt nicht. Also machen wir uns auf den Weg zur Bahn. Am Bahnhof steigen wir um in die U3.

Es stellt sich heraus, dass das Aladin wirklich ein toller Laden ist. Klamotten, Accessoires, lauter Dinge, die die Welt nicht braucht, jede Menge Ramsch für Touristen. Auch Quietscheentchen gibt es. Eines mit Heiligenschein und ein rotes mit schwarzen Hörnern und Dreizack. Das wäre ja sogar was für mich. Ohrringe gibt es eine ganze Wand voll, das meiste jedoch zu glitzerig, um mir zu gefallen. Geduldig steht Ben neben mir, während ich alles begutachte. Schließlich entdecke ich welche, die wie Knöpfe aussehen. Witzig. »Guck mal, ein Knopf im Ohr, wär das nicht was?«

Er lacht, also nehme ich sie aus der Halterung und schlage den Weg zur Kasse ein.

»Warte mal kurz, Lea.« Er räuspert sich, schluckt krampfhaft. »Ich, ich würde dir die gerne schenken, wenn du möchtest. So zum Abschied aus der Klinik.«

Überrascht lege ich ihm die Ohrringe in die Hand. »Oh, danke, ich freu mich total!« Neuerdings neige ich offenbar zu Untertreibungen. Trotzdem reicht mein schlichter Dank aus, Bens Hals mit der altbekannten Röte zu überziehen. »Ich bezahl dann mal.«

Ich glaube, wir sind beide froh, als wir wieder vor dem Laden stehen. Ben zündet sich eine Zigarette an.

»Du, wollen wir irgendwo einen Kaffee trinken?«, frage ich.

»Klar, ich kenne da ein ziemlich schräges Café, das musst du gesehen haben!«

Wir setzen uns in Bewegung, überqueren die Straße, gehen ein paar Minuten. Dann kommt rechts die Große Freiheit, links die Beatles, und dann verstehe ich sofort, was Ben mit *schräg* gemeint hat. Schon von außen sieht das Café aus wie eine typisch altmodische Alte-Oma-Konditorei und passt damit, zwischen den ganzen Bars und Sexshops, überhaupt nicht hierher. Als wir hineingehen, ersetze ich »altmodisch« in Gedanken durch »seltsam«. Ein unidentifizierbares Konglomerat aus Gerüchen schlägt mir entgegen. Links gibt es eine riesige Verkaufstheke mit einer steinalten Verkäuferin dahinter, rechts ist ein Durchgang zum Gastraum. Zuerst müssen wir aber über den blonden Labrador steigen, der mitten im Weg liegt. Die Möbel sind dunkel, alles wirkt irgendwie düster und schäbig.

Wir setzen uns an einen Tisch am Fenster. Es sind nicht besonders viele Gäste da. Zwei retardiert wirkende Frauen sehen von ihren Tellern auf und schauen zu uns rüber. Ich ersetze »seltsam« durch »unheimlich«.

»Guck mal, Ben, die essen ja Fisch!«

»Ja, das hier ist eine Bäckerei, ein Café und ein Restaurant in einem. Der Laden ist Kult.«

»Hm.« Die Karte verspricht eine große Auswahl an Torten. Neben den Klassikern gibt es auch Specials. Latte macchiato, Mousse au Chocolat, Cappuccino.

Die Bedienung kommt. Sie sieht aus, als hätte sie überhaupt keine Zähne im Mund. Der Labrador wackelt hinter ihr her, schnüffelt an meiner Tasche und macht sich dann daran, die anderen Tische zu inspizieren.

»Moin, was darf's denn sein, die Herrschaften?«

Die Latte-macchiato-Torte ist natürlich aus, ich bestelle dann ein Stück Sahne-Nuss und einen Cappuccino. Ben nimmt Käsekuchen und einen Kakao.

Als die Kellnerin weg ist, beuge ich mich vor und flüstere: »Weißt du, an was mich das hier erinnert?«

Er schüttelt den Kopf.

»Na, an *Texas Chainsaw Massacre*! Da gab es doch so einen komischen Laden. Die Leute waren alle nett und zuvorkommend, aber man merkte gleich, dass da etwas nicht stimmte. Und später stellte sich raus, dass die alle mit Leatherface unter einer Decke steckten.«

»Du meinst, wir werden an einem Fleischerhaken enden?«, fragt Ben so trocken, dass ich laut lachen muss und mich nicht mehr einkriege. »Oh, Achtung, Ledergesichts Oma ist mit unserem Kuchen im Anmarsch!«, sagt er dann gespielt alarmiert und setzt sich gerade hin wie ein Musterschüler. Nur mit Mühe kann ich weiteres Kichern unterdrücken, als die Dame Torte und Getränke auf unserem Tisch abstellt, und auch Ben muss sich mittlerweile schwer zurückhalten.

Wir schaffen es, bis sie wieder an der Theke ist, dann prusten wir los. Das retardierte Mutter-und-Tochter-Paar mustert uns unverhohlen. So schnell wird man selbst zu etwas Seltsamem. Ich versuche kurz, mich zusammenzureißen, aber eigentlich ist es doch einfach zu schön.

»Meinst du, wir können die Torte wirklich essen?«, frage ich und inspiziere sie von allen Seiten. »Da ist doch bestimmt ein Betäubungsmittel drin, und wir werden dann später vom Messergewetze im Keller wach!« Meine Bauchmuskeln tun schon weh. So habe ich lange nicht mehr gelacht.

Ben schiebt sich breit grinsend ein riesiges Stück Torte in den Mund. »Kann sein, aber stell dir vor, das Mittel ist stattdessen im Kakao und mir entgeht mein letzter Käsekuchen! Köstlich!«

Jetzt kann ich wirklich nicht mehr. Ich krümme mich, lande fast unter dem Tisch dabei. Als ich wieder hochkomme und mir die Lachtränen aus den Augen wische, sitzt Ben lächelnd da, sieht zufrieden und fast ein bisschen stolz aus. »Eins ist mal klar: Wenn wir hier lebend wieder rauskommen, wirst du es nie vergessen, das *Chainsaw Massacre Café*!«

Es wird schon dunkel, als wir Ochsenzoll wieder erreichen. Schweigend gehen wir nebeneinander her, die Luft ist lau, ein leichter Wind streicht mir um die heißen Wangen. Am Haus angekommen, bleiben wir noch ein wenig davor stehen. Ich will es ihm sagen, bevor wir reingehen. Einatmen. Ausatmen. Einatmen.

»Der Tag heute war wirklich wunderschön, Ben, danke dafür.«

»Ich fand den Tag auch sehr schön, Lea.«

Lange schaut er mich an. Dann kommt er einen Schritt auf mich zu. Er ist wieder da, der perfekte Moment. Hätte nicht gedacht, dass es so viele davon gibt. Dass ich jemals wünschen statt fürchten würde, dass ihn jemand nutzt. Einen Wimpernschlag lang ist Bens Gesicht meinem ganz nahe, doch dann berührt er nur meinen Arm.

»Gute Nacht«, sagt er und geht hinein.

In diesem Moment begreife ich, dass Ben niemals den ersten Schritt wagen wird. Vielleicht habe ich mich gerade deshalb bei ihm die ganze Zeit sicher gefühlt. Ich kicke einen Stein weg. Warum kann es denn niemals einfach sein?

Kurz vor dem Klingeln des Weckers muss ich wohl doch noch eingeschlafen sein. Es sind nicht die Erinnerungen an den gestrigen Tag mit Ben, die mich die ganze Nacht wach gehalten haben, obwohl sie auch bestens dazu getaugt hätten. Tanjas Bett ist immer noch leer, ausgeschlossen, dass ich nur geträumt habe, was mir Hülya gestern nach meiner Rückkehr erzählt hat.

Am Nachmittag ist Tanja zusammengebrochen. Hat sich wieder mal nicht an das Sportverbot gehalten, einmal zu oft beim Essen gemogelt und ist umgekippt. Kreislaufkollaps, Notarzt. Nun wird ihr im Krankenhaus wohl Zwangsernährung blühen. Ich muss unbedingt noch aus der Stationsschwester herausquetschen, wo man sie hingebracht hat, damit ich sie besuchen kann.

Bis dahin muss ich erst mal mit der Tatsache klarkommen, dass ich nun tatsächlich entlassen werde. Da sind auf der einen Seite die vielen Dinge, die noch in Angriff genommen werden wollen. Und auf der anderen die Menschen, die ich hier zurücklassen werde. Die sichere Basis. Ben.

Es bringt nichts, jetzt daran zu denken. Auch hier gibt es noch einiges zu tun, bevor ich, sicher nicht normaler als vorher, aber anders, austesten werde, wie sich das im wirklichen Leben anfühlt.

Nach dem Duschen muss ich nur noch die Badutensilien und das Nachthemd einpacken, mein restliches Zeug habe ich in der Nacht schon in die Tasche gekramt. Und dann geht es ein letztes Mal hinaus auf den Gang.

Mein erster Weg führt mich zu Kuhlmann. Eigentlich haben wir uns ja nach der letzten Sitzung schon verabschiedet, aber ich muss ihn noch etwas fragen. Ob er überhaupt schon da ist? Die Therapiestunden beginnen immer erst um zehn, und jetzt ist noch nicht mal Frühstückszeit. Doch als ich klopfe, ertönt sofort sein bassiges »Herein«, das ich garantiert vermissen werde.

»Ich muss Sie enttäuschen. Sie können mich nicht mitnehmen«, begrüßt er mich.

Ich trete ein, lehne die Tür nur an. Lange will ich nicht bleiben.

»Würde ich doch nie wagen, Sie den anderen Patienten vorzuenthalten. Eine kranke Psyche ist schließlich kein Egotrip. Außerdem gönne ich Sie den anderen.«

Er lacht und fährt den Rollstuhl hinter seinem Schreibtisch hervor. Es scheint ihm etwas schwerer zu fallen als vor sechs Wochen. Hoffentlich bilde ich mir das nur ein.

»Diese Ironie sei Ihnen ausnahmsweise gegönnt. Aber sonst lassen Sie den Schutzschild ab jetzt bitte unten, ja? Was führt Sie denn nun eigentlich her?«

Seine einladende Geste, Platz zu nehmen, ignoriere ich.

»Wir haben mich hier auseinandergenommen und dann wieder zusammengesetzt. Aber die Teile sind doch die gleichen geblieben. Wie soll es denn da möglich sein, dass in Zukunft etwas anderes dabei herauskommt?«

Kuhlmann faltet die Hände und atmet tief durch. Wie es aussieht, komme ich nun das letzte Mal in den Genuss einer seiner Vorträge.

»Frau Berg, Sie haben doch sicher schon einmal den Spruch gehört, der Mensch sei mehr als die Summe seiner Teile?«

Ich nicke. Klar, solche Worthülsen findet man ja an jeder Ecke.

»Nun, man kann darüber sicher streiten, vor allem, wenn man nicht genau weiß, wie man dieses ›Mehr‹ definieren soll. Doch eines ist unstrittig: Die Summe ist erweiterbar. Als Mensch können Sie Ihr Leben lang neue Teile hinzufügen. Selbst Computer können das, wenn man sie aufrüstet.« Kuhlmann lehnt sich nach vorn und legt einen Finger an die Lippen. Ich bin ein braves Mädchen und spitze die Ohren, denn was jetzt kommt, wird wichtig sein. »Aber etwas unterscheidet uns von Computern. Als wir Sie, wie Sie sagen, auseinandergenommen haben, da ist der Kitt der Jahre zwischen den einzelnen Teilen abgeplatzt. Was vorher verfestigt und verkrustet war, liegt jetzt zwar wieder zusammen wie vorher, aber nur lose und variabel. Sie können weiter damit arbeiten, jetzt leichter einzelne Teile herausnehmen, noch einmal anschauen und zurücklegen oder verschieben. Oder auch einige ganz entfernen und neue einfügen. Das ist das, was noch vor Ihnen liegt.«

Ich hab's ja gewusst. »Also kein Neustart ohne Altlasten. Ich kann mit ihnen jetzt bloß besser umgehen, verstehe ich das richtig?«

»So ist es, meine liebe Frau Berg. Und ob und was Sie

ändern, liegt ganz bei Ihnen. Ein weiterer entscheidender Vorteil, den Menschen gegenüber Computern haben. Vielleicht ist das auch das ›Mehr‹, um das es eigentlich geht.«

Dieser Gedanke hängt einen Moment zwischen uns, und ich will mich schon bedanken und endgültig gehen, da fällt mir ein, dass ich ja noch etwas in meiner Tasche habe, was ich Kuhlmann geben muss. Ich habe es gestern noch vor der Rückfahrt in der Stadt gekauft. Ich krame.

»Hier, für Sie.«

Kuhlmann sieht überrascht aus. Anscheinend schenken ihm nicht viele Patienten etwas.

»*Die ungewöhnlichsten Metaphern der Literaturgeschichte*? Womit habe ich das denn verdient?«

»Na ja, eigentlich sind Sie ja schon Spezialist auf dem Gebiet, auch das mit dem Kitt eben, das war mal wieder toll, aber irgendwann fällt Ihnen auch nichts mehr ein. Und bevor Sie dann eine Metapher doppelt verwenden, schauen Sie lieber in dieses Buch.«

Kuhlmann legt sein Präsent auf den Schreibtisch.

»Na dann, herzlichen Dank. Und nun, auch wenn's schwerfällt, müssen Sie sich hier losreißen.«

Er hat recht. Die Freiheit wartet auf mich. Man verzeihe mir, dass ich das gemischtgefühlige Juhuoweh, das statt eines Jubelns in meiner Kehle sitzt, nicht laut ausstoße. Ich strecke Kuhlmann die Hand hin.

»Bleiben Sie bloß noch lange gesund. Die brauchen Sie hier. Vielleicht sehen wir uns ja auch mal wieder.«

Kuhlmann nimmt meine Hand und hält sie mit leichtem, aber sicherem Griff fest.

»Unterstehen Sie sich, Frau Berg. Ich will Sie hier nie wieder sehen.« Er lässt los. »Leben Sie wohl.«

Ich habe beschlossen, Herrn Kuhlmann neben dem Buch auch noch ein zuversichtliches Lächeln hierzulassen.

»Mal sehen, was sich machen lässt«, sage ich und gehe.

Anna steht als Nächste auf meinem Abschiedsprogramm. Als ich klopfe, stoßen meine Finger auf keinen Widerstand, die Tür ist nur angelehnt. Dahinter höre ich Anna summen. Aber sie hat mich gehört und flicht ein »Immer rin!« in ihr Bienenlied.

Das heutige Wallegewand ist quietschgrün, und wenn das der Beweis dafür ist, dass Anna endgültig wieder zu ihrer eigentlichen Form zurückgefunden hat, dann soll es gefälligst der nächste Modetrend werden.

Sie vollführt gerade so eine Art sehr langsamen Tanz, der ein bisschen wie Schattenboxen aussieht. Gelassen beendet Anna ihre Übung, atmet dreimal tief ein und ohrenbetäubend laut wieder aus.

»*Hui Chun Gong*«, sagt sie, ohne dass ich gefragt habe. »Die Verjüngungsübungen der chinesischen Kaiser. Ein Geheimtipp. Damit werde ich hundertzwanzig, min Deern, wirst sehen.«

Ich lasse mich auf Annas Bett fallen. Die meisten ihrer Kleider sind um diese Uhrzeit tatsächlich noch im Schrank. »Du bist auch ohne Zeitlupengymnastik so ziemlich unkaputtbar, denke ich.«

Sie setzt sich neben mich, streicht mir über den Arm.

»Menschen gehen leicht kaputt, da schadet ein bisschen Vorbeugung nicht. Du solltest es auch mal versuchen.«

»Ist gut.«

Das klang wohl etwas halbherzig, denn jetzt winkt Anna ab und springt schon wieder auf. Wieder einmal sucht sie etwas in ihrer Tasche. Ich habe sie heimlich *Superbag* getauft. *Superbag, Ihr Retter in allen Klapsennotlagen, von unstillbarem Teedurst bis hin zu aufmüpfigen Mannweibern.* Welche Wunderdinge wird sie diesmal hervorzaubern?

Vorerst erfahre ich es nicht, denn sie verbirgt in beiden Händen, was sie darin gefunden hat. Wie auf rohen Eiern kommt sie zu mir zurück, hält die Hände weit vor sich gestreckt, als wäre eine Taube darin, die sie gleich fliegen lassen möchte. Anna stoppt, als ihre Fingerspitzen praktisch schon an mein Brustbein tippen.

»Ich habe etwas für dich gemacht, es wird dir Glück bringen in der ersten Zeit zu Hause.«

Feierlich öffnet sie die Hände. Auf ihren Handflächen entfaltet sich ein Seidentuch. Anna hat es irgendwie geschafft, meinen Wahrnehmungslenkungs-Nachthimmel auf dieses Tuch zu bannen. Unendlich viele kleine und große Sterne funkeln auf tiefem Dunkelblau. Woher hat sie das gewusst? Ich kann mich nicht erinnern, es ihr gegenüber erwähnt zu haben.

Ich bin sprachlos und weiß nicht, was ich sagen soll. Zum Glück fällt mir das Naheliegende doch noch ein.

»Danke.«

Anna strahlt. »Hab ich gern gemacht.«

Vorsichtig nehme ich das Tuch aus ihren Händen. Zärtlich schmiegt sich die Seide an meine Haut. Hinter meiner Stirn wird es angenehm kühl, und endlich kriege ich noch ein paar Worte mehr heraus.

»Das ist so wunderwunderschön, ich könnte dich um...«

Anna juchzt und wirft sich in meine Arme, dass ich fast hintenrüberfalle.

Was für eine tolle Frau sie ist! Ich hoffe, wenn ich alt bin, werde ich mir meinen kindlichen Geist auch so bewahrt haben wie sie. Beziehungsweise wiedererweckt.

Als ich schließlich gehe und schon fast aus der Tür bin, hält Anna mich noch einmal zurück.

»Und denk dran«, sagt sie, »wenn ich entlassen bin, besucht ihr mich alle zu Hause, und wir lassen eine spitzen Party steigen.«

»Klar doch, ich freu mich jetzt schon drauf!«

Dann fällt die Tür hinter mir zu. Zu meinem nächsten Abschied habe ich es nicht weit. Ich muss nur nach gegenüber.

Hülya ist noch im Bad beschäftigt. Ich geselle mich zu ihr und sehe zu, wie sie sich vor dem großen Spiegel schminkt. Inzwischen hat sie schon so etwas wie Routine erworben, selbst der Lidstrich gelingt ihr richtig gut. Ihre Klamottenwahl wird langsam auch ein bisschen mädchenhafter. Heute trägt Hülya ein langes weites Blumenkleid, das sie sich erst kürzlich im Katalog bestellt hat. Die liefern doch tatsächlich auch hierhin.

»Das mit Tanja war wohl leider abzusehen«, sagt sie und nimmt sich nun die Wimpern vor. Die Zange, die dabei zum Einsatz kommt, sieht furchterregend aus. »Immer hat sie alles boykottiert. Sie ist einfach noch nicht bereit.«

»Aber hoffentlich wird sie es mal sein. Sie soll doch nicht daran ...« Doch, ich spreche es jetzt aus. »Sie soll doch nicht daran sterben. Ich verstehe nicht, warum sie nicht mal vernünftig ist.«

Vernünftig. Im selben Moment, in dem ich es ausgesprochen habe, weiß ich, dass ich Quatsch rede. Hülya weiß es auch.

»Du, Lea, ich glaube, Magersucht ist so ziemlich die hartnäckigste psychische Erkrankung, die es gibt. Wahrscheinlich noch schwerer zu verstehen als Transidentität.« Sie schaut mich ganz komisch an. »Und wir müssen akzeptieren, dass wir ihr nicht helfen können, weißt du. Nur beistehen. Aber sie muss es selbst wollen.«

Hülya ist fertig mit Schminken. Wir gehen rüber und setzen uns aufs Bett.

»Weiß ich doch. Ich werde sie in den nächsten Tagen im Krankenhaus besuchen.«

»Lieb von dir.«

Dann erzählt sie mir von ihren Plänen. Sie wird zu Anna ziehen, wenn sie entlassen wird. Sich um sie kümmern und sie versorgen in den Phasen, in denen es ihr schlechter geht. Außerdem kann Hülya dort weitere Schritte in Richtung Eigenständigkeit von den Eltern und ihres Frauseins machen.

»Anna hat mir so geholfen, da will ich ein bisschen was zurückgeben«, sagt Hülya. »Und ich kann mich weiter ausprobieren und schauen, in welche Richtung es gehen soll. Wir sind einfach gut füreinander.«

Ich glaube, da hat sie recht.

»Und du?«, stellt sie mir jetzt die spannendste aller spannenden Fragen.

»Na ja«, antworte ich. »Meine Stelle kann ich jetzt problemlos antreten, und auch meine Doktorarbeit werde ich hinkriegen.«

Hülya ist nicht zufrieden. »Och, Lea, ich meine doch wegen Ben. Was wird mit dir und Ben?«

Tja, was soll mit uns werden? Das weiß ich doch nicht. Oder doch.

»Na, wir werden Freunde bleiben und Kontakt halten.«

»Freunde, ja?« Hülya ist nicht überzeugt.

»Du, ich muss dann auch mal los«, sage ich und stehe auf. Ist nicht mal gelogen.

Aber Hülya hält mich zurück. Auch sie hat ein Geschenk für mich. Lidschatten, ein Duo aus einem hellen Braun und Beige. »Der passt wunderbar zu deinen Augen«, sagt sie.

»Danke dir, das probiere ich aus!« Inzwischen kann ich mir sogar vorstellen, das auch tatsächlich zu tun.

Ich will mich schon endgültig verabschieden, da lässt Hülya sich plötzlich nach hinten fallen und langt nach dem kleinen Bücherregal, das an der Wand neben dem Bett hängt.

»Fast hätte ich es vergessen! Du glaubst nicht, was ich gefunden habe!«

Ich glaube es tatsächlich nicht. Es ist das fehlende Teil aus dem Escher-Puzzle. Ein Frauenkopf mit Dutt ist darauf abgebildet. Konsequent schaut sie am Betrachter vorbei auf die Schiffe, die im Rest des Bildes, dem sie abhandengekommen ist, gerade auslaufen.

»Letzte Nacht habe ich wirr geträumt und mir dann nach dem Aufwachen im Dunkeln den Kopf gestoßen. Heute Morgen lag das Teil auf der Bettdecke. Es muss wohl in der Ritze zwischen Brett und Wand festgesteckt haben.«

Ist ja ein Ding. Da wird eines der großen Rätsel unserer Station noch vor meiner Abreise gelöst. Plötzlich bin ich aufgeregt.

»Wir müssen es einsetzen!«

»Aber ja doch!«

In weniger als einer gefühlten Millisekunde stehen wir draußen auf dem Flur und vor dem Puzzle. Das Warten der

Kopflosen hat endlich ein Ende. Langsam streckt Hülya die Hand aus und manövriert sie vorsichtig über die Lücke, als würde sie Gefahrengut transportieren.

»Mach es doch nicht so spannend«, zische ich ihr zu.

Es klickt ganz leise, als sich das Teil in die Lücke einfügt. Man hört es nur, weil wir beide den Atem anhalten.

Eine wieder vollständige Frau sieht Schiffen nach, und wir stehen andächtig da und schauen ihr dabei zu.

»Ist schon komisch«, sage ich schließlich. »Ausgerechnet heute.«

Hülya schüttelt den Kopf. »Was würde Ulla sagen? Kein Zufall. Sondern ein Zeichen. Ein gutes Omen.«

Wir stehen noch ein bisschen da und schauen, dann reiße ich mich los.

Mit der letzten Person, von der ich mich noch verabschieden muss, treffe ich mich draußen.

Der Kloß, den ich im Hals habe, als ich durch die Tür nach draußen gehe, ist keiner, über den ich mich wundern oder vor dem ich mich fürchten muss. Er ist vollkommen normal.

Ben wartet an seinem Baum auf mich, sieht blass und müde aus. Er hat wieder seine Jacke an.

»Nun bist du gleich weg«, sagt er.

Ich schlucke. »Ja. Aber wir sehen uns ja schon bald wieder.«

Er presst die Lippen zusammen, als würde er das nicht glauben.

Ich kann ihn verstehen. Wie viel sind die Versprechungen, sich wiederzusehen und den Kontakt zu halten, wert, wenn der Alltag einen erst wiederhat? Davor habe ich auch ein bisschen Angst.

Ben nimmt mir die große Tasche ab. »Ich begleite dich noch ein Stück.«

Wir gehen, und keiner von uns sagt etwas. Das Schweigen drückt.

»He, das Escherpuzzle ist wieder ganz!«, platze ich schließlich heraus.

»Wirklich? Wie das?«

Ich erzähle ihm die ganze Geschichte, und als ich ende, hat sich seine Miene ein klein wenig aufgehellt. Aber es hält nicht lange.

Je näher wir dem großen Hauptgebäude am Eingang kommen, desto langsamer werden wir. Das Schweigen holt uns spielend leicht ein. Schließlich bleiben wir stehen.

Ben holt einen Beutel aus einer der Innentaschen seiner Jacke. Unentschlossen hält er ihn einen Moment lang in der Hand. Dann räuspert er sich und reicht ihn mir. »Du, Lea, ich habe hier noch was für dich.«

Das gibt es doch nicht. Es ist das Zusammenbastelzeug aus den Überraschungseiern. »Was …?«

Jetzt lächelt er. »Du meintest doch, die gehören in die Tonne. Da dachte ich mir, ich schenke sie dir zum Abschied. Kannst sie an der U-Bahn-Halte in den Müll werfen.«

»Ben.« Ich möchte auf der Stelle weinen. Niemand hat mir je ein größeres Geschenk gemacht. »Bist du sicher?«

Er nickt. »Ja. Der größte Philosoph aller Zeiten, John Wayne, hat gesagt: ›Mut ist, wenn man Todesangst hat, sich aber trotzdem in den Sattel schwingt.‹ Ich dachte mir, ich sollte das auch mal versuchen. Es einfach tun, weißt du?«

Seine Augen lassen mich nicht los.

Mein Herz rast. Ja, genau so funktioniert es. Es einfach tun. Der Summe seiner Teile ein neues hinzufügen.

»Das muss ich mir merken«, sage ich, stelle mich auf die Zehenspitzen und küsse ihn.

Und Ben weicht nicht zurück.

Nachwort und Dank

Die Figuren in diesem Buch haben mich sehr lange begleitet und sind für mich dabei so lebendig geworden, dass ich irgendwann kaum verwundert gewesen wäre, hätten sie plötzlich an meine Tür geklopft.

Dennoch sind alle Charaktere völlig frei erfunden und allein meiner Vorstellung entsprungen. Die Erkrankungen und Probleme, die sie bewältigen müssen, sind jedoch real, und Kämpfe wie die ihren werden tagtäglich ausgefochten. Nicht immer werden sie gewonnen.

Die Psychiatrie, die in *Normal ist anders* salopp *Ochsenzoll* genannt wird, wurde 1893 als *Anstalt Ochsenzoll* gegründet und trägt heute den Namen *Asklepios Klinik Nord – Ochsenzoll*. Sie ist eine der größten Fachkliniken für Psychiatrie und Psychotherapie in Deutschland. Die Station, auf der Lea behandelt wird, gibt es in der Realität außerhalb dieses Buches allerdings nicht. Sie ist wiederum rein fiktiv und ebenso wie das Personal und die zur Anwendung kommenden therapeutischen Maßnahmen frei erfunden. Auch was die Geographie des Ochsenzoll-Geländes angeht, habe ich mir kleine schriftstellerische Freiheiten genommen.

Danken möchte ich allen, die dazu beigetragen haben, dass *Normal ist anders*, das ich so lange in meinem Kopf mit mir herumgetragen habe, in Form gebracht und auf Papier gebannt werden konnte. Zunächst sind da meine Kollegen aus dem DSFo zu nennen, die ganz zu Anfang mit mir an der Leseprobe gefeilt haben. Auch die Rückmeldungen meiner Testleser Kristin Wingender, Marcel Otten und Sabrina Kulin zum fertigen Manuskript waren äußerst hilfreich. Mein besonderer Dank gilt dem Diplom-Psychologen und psychologischen Psychotherapeuten Michael Knabe, der sich des Textes von der fachlichen Seite her annahm. Nicht zuletzt bedanke ich mich bei meiner Lektorin Lexa Rost für die wunderbare Zusammenarbeit.